長編小説

なまめき山の秘めごと

橘 真児

竹書房文庫

目次

※この作品は竹書房文庫のために
書き下ろされたものです。

第一章　下半身パワースポット

1

　ズボンの前を開いた手が、遠慮も慎みもなくブリーフの中にまで侵入する。

「あううっ」

　亀山昭彦（かめやまあきひこ）はのけ反り、背後の巨木に後頭部をぶつけた。だが、ペニスを握られた快感が大きすぎたため、痛みはまったく感じない。

（おれ、女のひとにチンポを――）

　二十四歳のこの年まで、色めいた経験のない昭彦である。親密なふれあいどころか、ガールフレンドがいたことすら皆無だ。

　よって、初めての経験に舞いあがってしまったのも致し方ない。分身も著（いちじる）しい脈打ちを示した。

「ねえ、わたしに何をしたのよ？」

咎める眼差しを向けられても、答えが浮かばない。なぜなら、何もしていないからだ。ただ彼女——竹沢芽衣子を、故郷の山に案内しただけなのに。

「な、何もしてません」

否定しても、彼女は納得しなかった。

「ウソよ。だったら、どうしてこんなに硬くしてるのよ」

強ばりに回した指に、キュッと力が込められた。

ひょっとして、勃起したのを怒っているのか。だが、もともとふくらんでいたそこが、力を限界まで漲らせたのは芽衣子のせいである。まあ、その前に淫らな妄想をして、昂奮した昭彦も悪いのだが。

ともあれ、年上の美女がいきなり怒りだした理由に、昭彦は思い当たるところがなかった。挙げ句、イチモツを握られたのだって、青天の霹靂と言っていい。

昭彦は、この山の所有者であった。べつにほしくなかったが、亡くなった祖父から継がされたのだ。

子供時代を除けば、滅多に訪れなかった山である。どんなふうになっているのか現状を確認するべく、こうして休日に訪れた。

そして、山の入り口で芽衣子に出会ったのだ。

彼女は山の案内を頼んできた。断る理由はなく、昭彦は同行を了承した。

いちおう私有地であり、祖父が所有していたときから、無断で立ち入ることは禁止されている。だが、それは村外の人間についてである。村民は口約束で許可を得て、この山で山菜採りをしていると聞いた。

芽衣子は村の人間ではない。しかし、今の持ち主は昭彦だ。入山を許可することに何の問題もない。

どこの田舎(いなか)にもありそうなこの山がパワースポットだと、芽衣子は言った。ネットの情報でそれを知り、わざわざ東京から来たという。

パワースポットなんて話は初耳だった。祖父の遺言にも触れられておらず、先祖伝来の土地を守れとしか命じられていない。

半信半疑のまま、ふたりで山道を歩く。芽衣子の情報にのっとり、それらしき場所を探したところ、やけに立派な木が聳(そび)え立つ場所に到着した。

見あげれば、枝が八方に伸びた姿は威厳があり、なかなか神々(こうごう)しい。訪れた者がパワースポットだと信じても、不思議ではなかった。

ところが、感激の面持ちで木の幹を撫でていた芽衣子が、予告もなくおかしくなったのである。昭彦の腕を引っ張り、木の幹を背にして押さえつけると、いきなり股間をまさぐったのだ。

かくして、何かしただろうと詰め寄られ、ペニスを直握りされる。訳がわからず、昭彦はひどく混乱した。

「い、いったいどうしたっていうんですか？」

理不尽な扱いをされても敬語のままだったのは、彼女が四つも年上だったからである。最初に自己紹介をしたとき、二十八歳のＯＬだと教えられた。

こちらが年下だとわかったからか、芽衣子のほうは程なく、ざっくばらんな言葉遣いになった。もともと社交的で、物怖じしない性格らしい。

弟を相手にするみたいに馴れ馴れしくされても、昭彦は悪い気がしなかった。異性に慣れていないため、堅苦しい態度を取られたら会話が続かなかったろう。

また、きょうだいは兄がひとりだけの昭彦は、姉や妹に憧れがあった。そのため、お姉ちゃんがいたらこんな感じなのかと、浮かれていたぐらいである。

だからと言って、ここまで親密すぎるスキンシップは望んでいない。初めて女性に握られた分身は、歓喜をあらわに小躍りしていたけれど。

「どうしたじゃないわよ。何もされなくて、わ、わたしがこんなになるわけがないじゃない」

ＯＬと聞かされてなるほどと思ったぐらい、芽衣子はキリッとした理知的な美貌の持ち主である。今は山歩きに相応しく、チェックのシャツに袖なしのジャケット、ジーンズにスニーカーという装いだが、それでも仕事のできるキャリアレディに違いないと、自己紹介をされる前に確信を抱いたほど。

そんな彼女が、今は頬がかなり赤い。目もトロンとして、泣きそうに潤んでいるのがやけに色っぽい。

息づかいが妙に荒いのは、山を歩いて疲れたせいではあるまい。地味な衣類が包むボディは、汗ばんだらしく甘酸っぱい香りを漂わせていたけれど、ここへ来たときには笑顔を見せていたのだ。疲れなど微塵も感じさせずに。

つまり、おかしくなったのは大木を撫でたあとということになる。

（ひょっとして、毒のある木なのか？）

あいにくと植物関係には疎く、田舎の出でも知っている木は松とか杉とか、ありきたりなものばかりだ。それらとは異なる背中の大木の名前はわからない。

ただ、本当に毒があるのなら、背中をぴったりつけている自分にも影響があるはず。

しかし、何も感じない。

ならば、芽衣子をおかしくしたのは何なのか。

「とにかく、何がどうなったのか説明してください。でないと、おれも答えようがありません」

冷静になってほしくて、こちらも落ち着いた口調で話す。すると、彼女がうろたえたように目を泳がせた。

「そ、それは——」

「おれと竹沢さんは、今日会ったばかりですよね。ここへ来るまで、山の中をずっと歩いていただけです。妙なことを企む時間も機会もなかったと思いますけど」

理路整然と訴えることで、わかってもらえたようである。

「でも……どうして——」

泣きそうな顔で身をよじる芽衣子は、どこか切羽詰まっているようにも映る。

(ひょっとして、トイレに行きたいのかな?)

下世話なことを考えて、そんなことはないかと打ち消す。だったら木の陰でも探して、用を足せば済むのだ。

もっとも、その見立ては丸っきり的はずれではなかったのである。

「何を困っているのか、教えていただけませんか？」

丁寧に訊ねると、彼女が顔を歪める。迷いを浮かべたあと、意を決したように口許を引き締めた。

「あ――」

今さら気がついたみたいに、昭彦のブリーフに突っ込んだ手を抜く。「ごめんね」と掠れ声で謝り、恥じらいを示した。

（いや、そこはさわっていてくれてもよかったのに）

がっかりしたものの、そんなことは口に出せない。正直、精液が出るまで愛撫されたかったけれど。

（え？）

芽衣子の次の行動に、昭彦は目を瞠った。シャツをたくし上げてジーンズの前を開き、膝まで脱ぎおろしたのである。

剝き出しになった太腿は、やけに白い。肉づきもよく、女性らしいむっちり具合だと思った。

おかげで、状況もわきまえずに発情モードになる。

シャツの裾に隠れており、視点が上からだとパンティは見えない。めくりたくて危うく手を出しそうになったとき、彼女に手首を摑まれた。

しかし、それは制止するためではなかった。

「さわってみて」

手が股間に導かれる。あるいは自分がペニスを握ったから、お返しに陰部をさわらせるつもりなのか。

思ったものの、そうではなかった。

「ああん」

昭彦の指が中心に触れるなり、芽衣子が切なげな声を洩らす。もちろん直にさわったのではなく、下着越しだった。

女性の秘められたところをガードする薄布は、ぐっしょりと濡れていたのである。

実体験がなくても、現在は性に関する情報など、やすやすと手に入る。我が国では公にするのを禁じられている性器や性行為の画像や動画だって、ネットで簡単に見られるのだ。

よって、女性が性器を濡らす理由ぐらい、童貞の昭彦でも知っている。

(竹沢さん、セックスしたくなっているっていうのか？)

いや、あんなに怒っていたから、行為を求めているわけではないのだ。だが、性的に昂(たかぶ)った状態にあるのは間違いない。

どうやら昭彦のせいでそうなったと、彼女は考えたらしい。

「わ、わかるでしょ」

芽衣子が誘うみたいに身をくねらせる。鼻息をフンフンとこぼし、頬の赤みが顔全体に広がった。

「え、ええ」

「これ、あなたが何かしたんじゃないの？」

昭彦は首をぶんぶんと横に振った。こんなふうに、女性をその気にさせる手腕があるのなら、とっくに童貞を卒業している。

「だったら、どうしてこんな――」

秘め園にあてがわされた指を、ギュッと強く挟まれる。彼女が太腿を閉じ、腰をくねくねさせ始めたのである。

「もう……たまらないの」

色めいた眼差しでそんなことを言われたら、たとえチェリーでも何とかしてあげたくなる。昭彦はキツく挟まれた指をどうにか動かし、濡れた中心を引っ掻くように刺激した。

「あひッ」

芽衣子が鋭い声を発し、身をわななかせる。立っていられなくなったのか、しなだれかかるみたいに抱きついてきた。

「ふはっ、ハッ、あふ」

息づかいが荒い。あるいは、今の刺激で軽く昇りつめたのか。

淫らな反応に煽(あお)られて、股間の分身が雄々しく猛(たけ)る。また握ってほしいと求めるみたいに、ブリーフの前面を突っ張らせた。

「も、もっとぉ」

譫言(うわごと)のように嘆き、芽衣子が身を剝(は)がす。昭彦を大木の前から退かせると、左手で木に摑まってからだを支えた。

続いて、右手だけで器用にパンティを脱ぐ。

膝に止まったジーンズのところまで下げられた薄物は、オレンジに近い桃色だ。裏返ったせいで、クロッチの裏地が見えている。

白い綿布が縫いつけられたそこには、薄白い蜜がべっとりと付着していた。

ふわ――。

汗をまぶしたヨーグルトのような、なまめかしい匂いがたち昇ってくる。それは湿気と熱気を含んでおり、発生源は女陰に違いない。

芽衣子は両手で木の幹に摑まると、腰を後ろに突き出した。

「ね、舐めて……オマンコ」

露骨なおねだりと煽情的な光景に、頭がクラクラする。こんな魅力的な女性が禁断の言葉を口にするなんて、とても信じられなかった。

それでも、オーラル奉仕を求められたことを、直ちに理解する。疼くからだを鎮めてもらいたいのだと。

しかしながら、年上女性を歓ばせる自信など皆無だった。何しろ、まったく経験がないのだから。

(でも、舐めるだけなら何とかなるかも)

指の愛撫や、それこそセックスだと、彼女を満足させるのは難しい。けれど、クンニリングスなら可能かもしれない。

何よりも、女性の神秘を初めて目の当たりにできるのだ。

胸をはずませながら、昭彦は芽衣子の真後ろに膝をついた。臀部の上側を隠すシャツの裾をつまみ、そろそろとめくり上げる。

艶めくほど白い双丘が全貌を現した。ここへ来るまで、着衣のそこをずっと眺めていたため、ナマ身との対面は感動的だった。

（なんてエロいんだ！）

ふっくらしたお肉は、搗(つ)き立てのお餅という風情。年下の男に見られて恥ずかしいのか、尻の割れ目をキュッキュッとすぼめる。

その奥まったところ、太腿との境界部分に、ぷっくりした盛りあがりがあった。縮れ毛が疎(まば)らに生えており、わずかにほころんだ裂け目が縦に刻まれている。

（これが女のひとの――）

ネットにある無修正の画像や動画でしか見たことのない、童貞にとって憧れの園。モニターに映されたそこはビラビラしたものがはみ出し、かなり生々しかった。

だが、目の前のこれは、わりあいにシンプルな眺めである。色素の沈着も淡く、毛がなかったらあどけない少女のものでも通用しそうだ。

秘肉の合わせ目は、透明な蜜でじっとりと濡れていた。そこが発生源なのか、チーズと汗をミックスした趣のケモノっぽい匂いが、むわむわと漂ってくる。

初めて嗅ぐそれは、決して快(こころよ)いものには分類されまい。けれど、昭彦は好ましく感じた。女性のいい匂いに通じるものがあるとすら思った。

とにかく、舐めろと言われたのである。遠慮は無用だ。

チョウチョが花に誘われるごとく、昭彦はかぐわしい女芯に顔を埋めた。いっそう強烈になったパフュームに怯むことなく、もうひとつの唇にくちづける。

「あひっ」

軽く吸っただけで、芽衣子が鋭い声を発する。女らしい腰回りを、プルプルと震わせた。

「き、気持ちいい。もっとぉ」

貪欲なおねだりに応え、舌を深く差し込む。律動させると、粘っこい蜜がクチュクチュと音を立てた。

「あ、あ、それいいッ」

恥割れがせわしなくすぼまり、味蕾(みらい)にわずかな塩気が広がる。

(すごいぞ。おれ、女性のアソコを舐めてるんだ)

しかも相手は年上で、昭彦の初めてのクンニリングスで、あられもなく悶えているのである。もしかしたら、自分には才能があるのだろうか。

知識にのっとり、敏感な肉芽を探す。たしかここだったよなと、フード状の包皮に隠れたところを舌先でほじると、

「あっ、あっ、いいいいい。感じるぅ」

よがり声が木々のあいだにこだまする。

こんな田舎でも出会いがあるんだなと、昭彦は幸運を嚙み締めた。もしかしたら死ぬまで女性に縁がなく、一生童貞かもしれないと嘆いていたのに。これなら初体験も近いのではないか。

（ていうか、ちゃんと感じさせたら、竹沢さんがセックスをさせてくれるかも）

俄然張り切る昭彦であった。

2

本州のほぼ真ん中、周囲に高い山がそびえる谷のような場所に、紅浦村はあった。

村の特徴をひと言で言い表せば、風光明媚。山や渓谷、天然林に清流と自然が豊かな土地は、四季折々に様々な美しさを見せる。

もしも風景専門のカメラマンが訪れたら、あそこもいい、ここも画になると、デジタルカメラのバッテリーが切れるまでシャッターを押し続けるであろう。実際、多くの媒体で、村の自然は被写体になっていた。

とは言え、綺麗な景色だけを目当てに、交通の便が悪い田舎へやって来る者などそうそういない。東京から紅浦村までは、新幹線のルートからはずれているため、電車とバスを乗り継いで五時間かかるのだ。

おまけに村内の宿泊施設は、季節限定の民宿と、寂れたキャンプ場のみ。自然以外に見るものがないとなれば、苦労してまで訪れようとは誰も思わない。

主な産業は農業と林業。それらに従事する者も、冬期間は積雪が多くて仕事にならない。その間、村の男たちは都会へ出稼ぎにというのが、昔からの変わらぬ慣習であった。

そのため、村に移住してくる者はほとんどない。逆に出て行くばかりで、国内の地方自治体の多くがそうであるように、人口減と高齢化が進んでいた。

そんな村に、亀山昭彦は生まれ育った。

村を出たのは、隣町にある高校を卒業後、県内の職業訓練校に通った二年間のみ。あとはずっと実家暮らしである。

今は、村の唯一の学校——小中併設校——の校務員をしている。

両親はふたりとも役場職員で、家族は他に祖母のみ。三つ上の兄は、村を出て就職した。盆と正月に顔を見せるぐらいで、郷里に戻る気はなさそうである。

亀山家はもともと農家で、地主でもあったという。先祖伝来の田畑を多く所有しており、そのほとんどを村民に貸している。他に山もあって、伐採業者に管理してもらっていた。

よって、借地料などで収入には困らない。とは言え、それがこの先ずっと保証されるわけではないので、両親も昭彦も職に就いていた。

校務員の給与は、昭彦がまだ若いこともあって、低く抑えられている。かつてはパートで高齢者を雇っていた名残もあるようだ。

まあ、田舎の学校ゆえ、そこまで高いスキルは求められていない。それこそパート並みの賃金は、妥当な線とも言える。

昭彦は、給与面での不満はなかった。学校の子供たちもみんないい子だし、教師たちも同僚として対等に扱ってくれる。感謝されることも多く、やり甲斐があった。

不満があるとすれば、村での生活そのものについてだ。

とにかく若者が少ない。中学を卒業すると、昭彦も通った隣町の高校に進学する者以外は、村から離れて下宿生活となる。そのまま大学に進学するか、あるいは就職する場合でも、村に戻る人間は圧倒的に少なかった。

それこそ、昭彦の兄がそうであったように。

若者が少ないというのは、若い娘がいないのと同義である。跡継ぎを求められるのは決まって男であり、女の子は村を離れる率が高かった。

自分に彼女ができないのは、そもそも同世代の女子が村にいないからだ。昭彦は常々思っていた。

さりとて、本当に女性がいないのかというと、決してそんなことはない。役場職員には同級生の子がいたし、農協の窓口にだって若い世代はいる。

なのに彼女ができないのは、選り好みをしているからではない。要は、いいなと思う子がいても、告白できないのだ。つまり、彼自身のヘタレな性格が、嬉し恥ずかし男女交際を遠ざけていたのである。

そんな昭彦が望むのは、可愛い女の子がどこからか現れ、自分を見初(みそ)めてくれるという、おとぎ話でしかあり得ない展開だった。すべてが平々凡々の男なのに、高望みも甚だしい。

さて、亀山家の当主だった昭彦の祖父が亡くなったのは、半年も前のことである。

土地をはじめとする財産がかなりあり、あとで困らないよう、生前のうちにかなりの贈与は済ませたと聞いていた。それでも、亡くなったあとで見落としていた遺産がぽろぽろ出てくる。すべてが片付いたのは、つい先日のことであった。

そんな中で、祖父が特別にと、昭彦に遺したものが見つかったのである。しっかり管理して次の代に伝えよという遺言付きで。

その山を、地元民は「オメ山」と呼んでいた。

由来の説は様々である。かつて山の所有権を巡って争いが起きたとき、不当な主張していた側がやりこめられ、『この山はおめえのだ』と降参したのが山の名前となったという話がある。他に、この山で修行をしていた修験者が、木の枝で目に怪我をして失明したものの、三日三晩祈ったところ山の神様が現れて、目を治してくれたことから「お目々山」となり、それが縮まったなんて説もある。

また、かつてこの土地には女の神様がいて、戦のときも村人を守ってくれたという。そのとき、敵が放った矢で傷を負った神様は山に変身して、敵が攻め入れないよう砦となってくれた。村人は神様を崇め、山を「御女山」と名付けたのが始まりだという言い伝えもあった。

昭彦が祖父から託されたのが、そのオメ山である。いかにも由緒がありそうながら、それらしき遺跡も社もない。生えているのは天然林のみで、伐採しても金にならないことから、手つかずになっている。

山菜はそれなりに採れるというが、金になる山ではなかった。そんなものを、どうして祖父が孫宛に遺したのか、さっぱりわからない。正直、昭彦は嫌がらせかと思ったぐらいだった。

まあ、不動産としての評価も低く、相続税が安かったのは幸いだった。

ともあれ、せっかく自分のものになったのだから、どんな山なのかしっかり確認しておいたほうがいい。そう考えて、昭彦は休日にオメ山へ向かった。

山のふもとまでは、実家から車で十分ほどかかる。

村道の端に停車して、外に出る。天気がよく、青空をバックにしたオメ山は、なるほど神々しく見えた。神様の化身でもおかしくないなと思えるほどに。

山の入り口には、【私有地につき立入禁止】の看板が立っている。村の人間は、ここが亀山家のものだと知っているし、村外からここを訪れる者はまずいない。

よって、不要なお知らせとも言えるのだが、勝手に入り込む不埒(ふらち)な人間が皆無だとは断言できない。現に、昭彦が車を停めた位置から数十メートルのところに、見慣れない軽ワゴンがあった。

(あれ、誰か来てるのかな?)

村では見かけない車である。足を進めて確認すれば、いちおう県ナンバーだったものの、レンタカーだとわかった。番号前の平仮名が「わ」だったのである。

きっと県外、それも遠地からの観光客だろう。地方の人間は車を所有しているのが一般的だし、わざわざレンタカーを借りることはない。

ただ、そんな離れた地から、どうしてこんなところを訪れたのかと疑問も生じる。

遠方から山菜目当てに来る者もいるが、今はその時季ではない。

と、軽ワゴンの向こう側から、誰かが歩いてくるのに気がついた。

女性だった。チェックのシャツに袖なしのジャケット、ジーンズにスニーカーという山歩きスタイルの。レンタカーの借主ではなかろうか。

「あら？」

彼女もこちらに気がつくと、小走りで駆け寄ってきた。

「すみません。この山の所有者のお宅ってわかりますか？」

「え？」

「この山に入って調べたいことがあるんですけど、私有地につき立入禁止って書かれていたから、許可をもらおうと思って」

勝手に入らず、ちゃんと許しを得ようとは感心だ。山なんて誰のものでもないと勝手に決めつけ、ずかずかと入り込む輩（やから）もいるのである。

「山の所有者ならおれ――ぼ、僕ですけど」

昭彦が告げると、彼女は表情を明るく輝かせた。

「そうだったんですか。よかった」

爽やかそのものという笑顔に、昭彦は胸の高鳴りを抑えきれなかった。

(綺麗なひとだな……)

目を瞠るような美人というわけではない。だが、目鼻立ちがくっきりして、着飾ってもいないのに垢抜けた雰囲気があった。理知的な美貌は田舎の村にはいないタイプで、きっと都会から来たに違いない。

密かな推測は当たっていた。

「わたし、竹沢芽衣子っていいます」

東京でOLをしていると聞かされ、昭彦は納得した。こちらも名乗り、身分などを明かす。問われるまま年齢も告げると、彼女も二十八歳だと教えてくれた。

「じゃあ、わたしのほうがお姉さんですね」

屈託のない笑顔にどぎまぎする。ほんの短い時間で、昭彦は芽衣子に惹かれていた。

「ところで、竹沢さんはどうしてこの山に？　何もない、ただの山ですけど」

「え、亀山さんはご存じじゃないの？」

心底驚いた顔をされて戸惑う。ご存じも何も、祖父の遺言には、特別なことは何も書かれていなかった。家族から謂れなども聞かされていない。

「この山に何かあるんですか？」

「ええ。有名なパワースポットなんですよ」

「は？」

昭彦は目が点になった。


人間が歩いたところが踏み固められた程度の、道と呼ぶにはためらわれる急坂をふたりは登った。

山の中腹あたりに、パワースポットのシンボルと呼べるものがあるという。その情報を、芽衣子はネットで入手したそうだ。

「わたし、趣味で全国のパワースポットを回ってるの。自分の知らない土地を訪ねるのは単純に楽しいし、力ももらえるから一石二鳥ってわけ」

彼女は楽しげに話してくれた。昭彦が年下ということもあってか、気が置けない言葉遣いで。

時には会社の同僚と、旅行がてらパワースポットを巡ることもあるという。だが、ひとりで行動することのほうが多く、今回も有休を取り、隣町の駅でレンタカーを借りて、ここまで来たそうだ。

「とにかく他とは段違いのパワーがもらえるって、掲示板に書いてあったの。これまで知られていなかった穴場で、だったら行くしかないじゃない。もう、こっちに着く前からわくわくしてたんだから」

その掲示板は、同じ趣味のひとたちが普段から情報交換をする場で、過去にも他に知られていないスポットが紹介されていたという。行ってみたら、書かれていたとおりにいいところだったため、芽衣子は全面的に信頼しているようだ。

（だけど、誰が書き込んだんだろう）

実際に訪れたことのある人間でないと、紹介できない場所である。オメ山という、地元民の通称以外に正式な名前はついておらず、地図にも載っていないのだから。

村の誰かが掲示板に書き込んだとは考えづらい。ここがパワースポットだなんて話はなかったたし、根も葉もない出鱈目(でたらめ)を流す、悪趣味な者がいるとも思えなかった。

ということは、勝手に入山した村外の人間が、それっぽい場所やしるしを見つけるかして、ネットに書き込んだのか。

立入禁止の看板こそあっても、見張りをする人間はいない。監視カメラも設置していないから、山に入るのはたやすいのだ。

きっとそのセンだなと思いつつ、昭彦は芽衣子のおしりばかりを見ていた。

何しろ道幅が狭いから、横並びで歩けない。ずっと彼女が先導するかたちで、ふたりは坂を登っていた。

しかも急坂である。後ろにいる昭彦のほぼ目の高さに、ジーンズのヒップがあった。シャツの裾で半分ほど隠れているが、ぷりぷりとはずむ丸みは着衣でもエロチックだ。パンティのラインも確認できて、いっそナマ身より煽情的かもしれない。

（いいおしりだな……）

ボリュームがあって、後ろにも横にも豊かに張り出している。二十八歳のそこは、熟れた風情さえ感じられた。

そんなものを間近で眺めていたら、当然ながら欲望が高まる。剝き身のそこを見てみたい、顔を埋めてみたいと、新たな欲求が胸を衝きあげた。

おかげで、昭彦はズボンの前が突っ張り、歩きづらかった。

背後にいる年下の男が、おしりを見て欲情しているとは思いもしないのだろう。芽衣子はこれまでに訪れたパワースポットのことを、嬉々として語った。

もちろん昭彦は、ちゃんと聞いていなかった。生返事をしながら、さまざまな表情を見せる着衣尻をガン見していたのである。

それは生まれて初めて経験する官能的で、至福のひとときであった。女の子に縁がなかったから、こんなふうにからだの一部を見続けたことなんてない。ナマのオカズを目にしているようなものだった。

さりとて、さすがにこの状況でオナニーをするわけにはいかない。坂道を登りながらなんて至難のワザだし、芽衣子がいつ振り返らないとも限らないのだ。

かくして、ブリーフの裏地をカウパー腺液で濡らすばかりの、焦れったい時間を過ごしたのち、

「あ、ここかも」

彼女が声をはずませた。

その場所は、鬱蒼と茂っていた天然林が疎らで、景色が開けたようになっていた。しかも、陽の光が差し込んで明るくなった中心に、威風堂々たる巨木が聳え立つ。鳥の鳴き声がやけに大きく反響し、かなり幻想的な光景だった。

「うん、絶対にそうだわ」

芽衣子は駆け寄り、感激の面持ちで大木を見あげた。

なるほど、パワースポットと言われれば、そんな気もする。昭彦自身は、過去にそういう場所を訪れたことはなかったが、彼女のはしゃぎぶりからしてきっとそうなのだろう。

「ホントに力が漲ってくる気がする」

芽衣子がうっとりして木の幹を撫でる。その表情がやけに色っぽく、昭彦はつい卑猥な想像をした。

素っ裸で巨大なイチモツを愛でる彼女が、脳裏に浮かぶ。たわわなヒップを左右に振り、すぐにでも挿入してもらいたいと、おねだりの眼差しを向ける場面が。

《あなたのペニス、すごく立派よ》

妖艶な囁きまで聞こえた気がした。

ビクン——。

股間の分身がしゃくりあげる。新たな先走りが鈴口から溢れた感触があった。

(——て、何を考えてるんだよ)

本人を前にして淫らな妄想をするなんて、どうかしている。そこまで女性に飢えているというのか。

理性的になれと自らを戒めたとき、

(あれ？)

芽衣子の様子がおかしいことに気がつく。木の幹に触れたまま、何かを考え込むみたいに無言になったのだ。

最初は、未知のパワーを受け止めるのに、瞑想でもしているのかと思った。だが、何度も首をかしげ、違和感を覚えている素振りを示す。

あるいは、ここはパワースポットではなかったのか。それとも、神秘的な光景ほどには、パワーが感じられなかったのか。

そんなことを考えていると、こちらを振り返った彼女に手招きをされた。

「ちょっと、こっち――」

やけに切羽詰まった顔つき。急に具合が悪くなったのかもしれない。昭彦は急いで駆け寄った。

「どうかしたんですか？」

訊ねるなり、腕を強く引っ張られる。女性とは思えない強い力で、木の幹を背にして押さえつけられた。

(え、え、なんだ⁉)

戸惑っていると、美貌が目の前に接近する。吐息のかぐわしさばかりか、温かさまでわかる距離だ。

思わずナマ唾を呑んだところで、

「わたしに何をしたの？」

険しい形相で詰め寄られる。いったい何が起こったのか、昭彦は混乱した。

「な、何って？」

問い返す間もなく、彼女の手が股間に迫った——。

3

ここに至る経緯を振り返りながら、昭彦は一心に蜜苑をねぶった。もともとあった匂いも味も薄らぎ、一帯は新たに湧き出たラブジュースと、唾液でベトベトだ。

「うあ、あ、あ、気持ちいい」

豊臀の深い谷で男の鼻面をせわしなく挟みながら、喜悦の声を上げる東京のＯＬ。都会の女性を感じさせていることも、昭彦を有頂天にさせた。

(おれも兄貴みたいに上京しようかな)

あっちには、それこそ星の数ほどの女性がいるのだ。ここまでできるのなら手当たり次第、選り取り見取りだと、ハーレム的な夢を描く。

だが、こんな展開になったのは、芽衣子が突然発情し、愛撫を求めたからである。異性の前では萎縮して、何も言えなくなるチェリーであることなど、昭彦は都合よく忘れていた。

その一方で調子に乗りやすいというのも、彼の性格である。

クリトリスを狙って舌を躍らせると、美女が「あんあん」とよがる。同時に、尻の谷にひそむ可憐なツボミ——アヌスが、物欲しげにすぼまるのだ。

（竹沢さんの、おしりの穴だ……）

自分にもある排泄器官。べつに珍しいものではない。

なのに、異性のここは、どうしてこんなにも魅力的なのだろうか。短い毛が数本チョロチョロと生えているのも、妙にエロチックだ。

性器以上に背徳的な印象ながら、やけに愛らしい。見ているだけではもの足りず、ちょっかいを出したくなる。

こっちも感じるのかなと、昭彦は舌を移動させ、放射状のシワをチロリと舐めた。

「あひッ」

鋭い反応がある。感じたというより、驚いたふうだ。

「ば、バカッ、そこはおしりの——」

芽衣子が焦った声音でなじる。けれど、口ほどには嫌がっていないように感じられたから、昭彦はかまわず舐め続けた。

「あああぁ、イヤイヤ、く、くすぐったいー」

身悶える彼女は、アヌスをきゅむきゅむと収縮させる。くすぐったいばかりでなく、いくらかでも快感を得ているのではないか。

その証拠に、忌避する声が色めいている。抵抗も弱々しい。

ならばと、尖らせた舌先を中心にめり込ませる。

「ダメダメ、あああっ」

悲鳴が大きくなる。そのせいでもないのだろうが、大木の枝がザワザワと葉音をたてた。

「ううう……そ、そんなとこ舐めて、病気になっても知らないからっ」

非難の言葉に、昭彦は確信した。

(もっと舐めてほしいんだな)

嫌ならやめてと言うはず。そうではなく、後悔させる言葉を口にして、自ら引き下がるよう促している。

つまり、本心は続けてほしいのである。昭彦がやめないと察して。

もしかしたら、アヌスが性感帯だと自認しているのか。これまでも男と交わるときには、そこを愛撫させていたのかもしれない。

それから、自分でするときにも。

美しいＯＬが、肛門で自慰をする場面を想像し、ますます昂奮する。ただ舐めるだけではもの足りないかもと推察し、昭彦は舌をはずした。

「え？」

芽衣子が声を洩らす。それも落胆の色をあらわにしたものを。やはり続けてほしかったのだ。

昭彦はすぐさま人差し指の先を肛穴に当て、唾液に濡れたところをヌルヌルとこすった。

「ああっ、あ、それもいいッ」

よがり声が大きくなる。舌よりも刺激が強く、快感も高まったらしい。

とは言え、アナル刺激だけで昇りつめるとは思えない。昭彦は秘核に吸いついた。尖りを包皮の上から唇で挟み、モグモグと圧迫する。

「くぅううう－、あ、あひっ、いいいいいッ」

二箇所責めで、嬌声（きょうせい）も派手になる。裸の腰がビクッ、ビクッと電撃を浴びたみたいに痙攣（けいれん）した。

（すごく感じてるぞ）

反応が派手になり、いっそうやる気が起こる。調子に乗りやすい性格を発揮して、昭彦は無我夢中で快楽奉仕を続けた。

アヌスの唾が乾いてくると、恥芯の愛液を絡め取る。すべりがよくなった指でほじるように攻めると、「うう、うう」と呻きがこぼれた。

「ゆ、指を挿れるのは禁止だからね」

それは心底嫌がっているように聞こえたので、昭彦は侵入を試みなかった。爪でデリケートな直腸粘膜を傷つけてもまずい。

それに、せっかくいい感じで上昇しているのに、水を差すのも避けたかった。

(絶対にイカせるんだからな)

目標を胸に刻み、心を傾けて年上女性に悦びを与える。

股間ではペニスが猛りまくり、亀頭がネトネトになるほどの先走りをこぼしていた。自分も気持ちよくなりたい、勃起をしごいて精液をほとばしらせたい欲求はあっても、それは後回しだ。

今の昭彦は、相手を感じさせることを最優先にしていた。

本当にイカせることができたなら、きっと射精以上の深い満足感を得られるであろう。それを目指して、疲れも厭わず指と舌を労働させる。

その甲斐あって、芽衣子は程なく愉悦(ゆえつ)の極致へと至った。

「あ、い、イキそう」

柔肌がワナワナと震える。女芯が休みなくヒクヒクしだした。

(よし、もうちょっと)

好機を逃さぬよう、集中して攻め続けると、彼女はオルガスムスを迎えた。

「あ、あ、イクッ、イクッ、イクイクイクぅ」

年上美女の下半身が強ばる。昭彦の指と鼻面を、尻割れで強く挟み込んだ。

「う、あふっ、ハッ、あ——ああ……」

芽衣子は幹にしがみついて、どうにかからだを支えているようだ。摑まるところがなかったら、その場に坐り込んでいただろう。

(イッたんだ)

胸に感動が満ちる。

口をはずすと、濡れた縮れ毛が張りついた女芯がなまめかしくすぼまる。絶頂させた実感が強まり、嬉しくてたまらなかった。

「はふぅ」

大きく息をついて、ひと段落したらしい。芽衣子がゆっくりとからだを起こす。大木に摑まってからだを真っ直ぐにすると、膝に止まっていたパンティとジーンズを引っ張り上げた。

（え、そんな）

昭彦はがっかりした。せっかく絶頂に導いたというのに、これでおしまいなのか。お礼にセックスをさせてくれるかもと期待したのに。

「気持ちよかったわ」

こちらを向いた彼女が、うっとりした面差しで言う。木の幹に背中をあずけて。

「あ、はい……どうも」

返事をしてうなずき、昭彦も立ちあがった。

ズボンの前は開かれたままで、はみ出したブリーフが隆々とテントを張っている。頂上には恥ずかしい濡れジミが広がり、亀頭の赤みを透かしていた。

気がついて、慌てて隠そうとしたものの、それよりも早く芽衣子の手がのばされた。

「あうっ」

薄布越しに指の柔らかさを感じ、たまらず呻いてしまう。腰がブルッと震えた。

「すごく硬くなってるじゃない」

艶っぽく細まった目が見つめてくる。息苦しさを覚え、昭彦は視線を逸らした。

さっきはペニスを直に握られたし、彼女の秘部も目の当たりにした。クンニリングスでイカせることもできたし、今さら股間をさわられたぐらいで恥ずかしくはない。

それよりも、顔を合わせるほうが居たたまれなかった。

「このオチンチンで、何人の女を泣かせてきたの？」

この問いかけに、昭彦はハッとした。

「泣かせたなんて、そんな――」

「まあ、言葉のあやで言っただけだけど。でも、彼女はキミとのセックスで、ずいぶん歓んでるんじゃなくって？」

「彼女なんていません」

「え、別れちゃったの？」

「ていうか、これまで彼女がいたことなんてないです」

正直に答えると、芽衣子の表情に驚きが広がった。

「じゃあ、セックスした相手は行きずりばかり？」

「したことないです」

「え、童貞なの⁉」

ストレートに訊ねられ、さすがに頬が熱くなる。

「はい……」

「まさか、クンニしたのも初めてなんて言わないわよね」

「初めてです」

見開かれた目が、何度もまばたきをした。

「ウソ。わたし、童貞クンにイカされちゃったの？」

屈辱だと思っているわけではなく、彼女はかなり驚愕している様子だ。

「そっか……へえ」

感心した面持ちでうなずいたあと、芽衣子は眉をひそめた。

「初めてのクンニリングスでおしりの穴まで舐めるなんて、ヘンタイすぎない？」

睨まれて、首を縮める。

「でも、竹沢さんが気持ちよさそうにしてたから」

この指摘に、彼女は狼狽した。

「そ、そんなこと――」

否定しようとしたらしいが、実際に昇りつめたあとでは、どんな弁明も通用しまい。

そうとわかって諦めたようだ。

「まあいいわ」

芽衣子がかぶりを振り、昭彦と場所を変わる。再び木を背にした年下の男の前に、いそいそと膝をついた。

「童貞のオチンチン、見せてね」

興味津々の面差しで言い、ズボンとブリーフをまとめて引き下ろした。

ぶるん――。

ゴムに引っかかった屹立が勢いよく反り返り、下腹をぺちりと叩く。むわっと、蒸れた男くささがたち昇ったのが、昭彦にもわかった。

ここまで歩いて登ってきたのである。また、芽衣子との戯れで昂奮し、そのせいでも汗をかいた。股間がじっとり湿っていたのも、無理からぬこと。

くさいと罵られるのではないかと、昭彦は心配した。これだから童貞はと、馬鹿にされるかもしれない。

ところが、彼女はうっとりした顔で小鼻をふくらませたのである。

「男の子の匂いがするわ」

不快に感じるどころか、感激しているふうだ。

童貞の昭彦でも、どうせお付き合いするのなら、穢れなき処女がいいという思いがある。女性のほうにも、経験のない男を求める気持ちがあるのだろうか。

(もしもそうなら、世の中から童貞がいなくなるよな)

処女の子は初体験に躊躇(ちゅうちょ)しても、男のほうは女性に誘われたら、迷いなくセックスしたがるはずだ。

などと考えたところで、反り返るイチモツに指が巻きつく。キュッと握られ、快さが手足の隅々にまで広がった。

「うう」

昭彦は呻いて前屈みになった。

最初に握られたときよりも悦びが大きい。さっきは思い当たらないことで責められ、余裕がなかったためもあるのだろう。

それに、今は芽衣子も快感を与えようとしているのがわかる。握り方にも慈しみが感じられた。

「わたし、童貞のオチンチンって初めてなんだ」

嬉しそうに言い、目を近づけて観察する。亀頭粘膜の張り詰め具合を見て、

「すごく綺麗ね。ツヤツヤして宝石みたい」

と、大袈裟な感想を述べた。セックスを経験すると、そこが濁ってくるのだろうか。

さらに、包皮の継ぎ目部分に、ふうと息を吹きかける。

「ああ」

昭彦は腰を引き気味に喘いだ。背徳的な快感を覚えたのだ。

おかげで、秘茎が限界ギリギリまで膨張する。脈打ちも著しく、ビクンビクンと幾度も反り返った。

「ふふ、元気」

彼女が口許をほころばせる。手を緩やかに上下させ、ゴツゴツした感触を愉しんでいるようだ。

「た、竹沢さん」

声を震わせて呼びかけたのは、早くも危うくなってきたからだ。

「ひょっとして、イッちゃいそう？」

芽衣子も悟ったらしい。筒肉の根元を、指の輪で強く締めた。

「はい……」

「そうね。ガマン汁もこんなに出ちゃってるし」

透明な粘液は頭部の丸みを伝い、くびれの下まで滴っていた。

「精液どっぴゅんしたい？」

「は、はい」

前のめりで返事をすると、彼女が首をかしげた。

「だけど、せっかくのチャンスなのに、簡単に出したらもったいなくない？」

それはたしかにその通りだが、認めるのも浅ましい気がして口許を歪める。すると、新たな指示が出された。

「腰を落として、股を開いてみて」

言われて、昭彦は素直に従った。おそらく気持ちよくしてもらえるのであろうし、断る理由はない。

ただ、ペニスをしごくのに股を開く必要はないよなと、疑問が浮かぶ。

「え？」

ドキッとして身を強ばらせたのは、芽衣子が牡器官に顔を近づけたからだ。

もしかしたらフェラチオをされるのだろうか。期待が急角度で高まったものの、半開きの唇が迫ったのは肉棒ではなく、真下に垂れさがるフクロであった。

てろり——。

縮れ毛にまみれたシワ袋をひと舐めされ、背すじがゾワッとする。

「あ……竹沢さん、そこ」

驚いて声をかけると、悪戯っぽい上目づかいで見つめられた。

「なに？」

「いや、そこは――よ、汚れてますから」

洗っていないということなら、性器全体がそうなのである。ただ、陰嚢は見た目からして清潔感に欠けるため、汚れているなんて言ってしまったのだ。

すると、彼女があきれた顔を見せる。

「おしりの穴まで舐めたひとが、なに言ってるのよ」

そこを指摘されると、反論できなくなる。

芽衣子は再び牡の急所に口をつけた。キスを浴びせ、ペロペロと舐める。くすぐったくもあやしい悦びがこみ上げ、

「ああ、あ、ううう」

昭彦は喘がずにいられなかった。

(キンタマって、こんなに感じるのか)

オナニーのときも、そこに触れることはなかった。アダルト動画で玉袋を愛撫される場面を目にしたときも、そんなに気持ちいいのかと半信半疑であった。

けれど、今はわかる。これはなかなかいいものだと。

単純に舐められることで快感を覚えるのとは異なる。そんな見苦しいところを女性

に舐められるなんていう罪悪感があり、それがかえって背徳的な悦びを高めてくれるようなのだ。

(竹沢さん、嫌じゃないんだろうか)

だが、彼女が始めたのである。今も嫌悪の反応など見せず、嬉々として舌を這わせていた。

フクロ全体に清涼な唾液がまぶされる。芽衣子は口を大きく開くと、陰嚢全体を温かな口内に迎えた。

「あ、ああっ」

罪悪感がいっそう大きくなる。昭彦は尻の穴を引き絞った。

(ここまでするなんて――)

口に含まれた急所が、舌で弄ばれる。ふたつの睾丸が転がされ、快い波が体幹を伝った。

肉根が何度も反り返り、下腹をぺちぺちと打ち鳴らす。肌と亀頭粘膜のあいだに、何本もの粘っこい糸が繋がった。

(うう、気持ちいいけど)

できれば本体を握り、しごいてもらいたい。そうすれば最高の悦びにひたって射精できるのに。このままだとナマ殺しで、焦れったい気分だった。

「ぷは――」

芽衣子が玉袋を解放する。唾液に濡れたそこが、幾ぶんひんやりした。

「うわ、すごい」

今にもパチンとはじけそうにふくらんだ亀頭に、彼女は驚嘆の声を上げた。カウパー腺液で、粘膜全体がネトネトになっていたせいもあったろう。

「こんなにいっぱい出しちゃって」

粘っこい露を、綺麗な指が絡め取る。敏感な粘膜を刺激され、昭彦は身悶えた。

「ああ、ああっ」

タマ舐めで性感が高まっていたために、危うく洩らしそうになる。どうにか堪えたものの、先汁で濡れた指が股間から奥へ差しのべられた。

「あううっ」

焦って腿を閉じようとしたものの、ひと足遅かった。ヌメった指が、肛門をこすったのである。

「うあ、あっ、駄目です」

腰をよじってやめさせようとしても、無駄であった。

「おしりの穴を舐められたお返しよ」

芽衣子が楽しげに指を動かす。菊穴をヌルヌルと摩擦され、くすぐったい快さに頭がおかしくなりそうだ。

(こんなに気持ちいいなんて……)

さっき、彼女がよがったのも当然だと納得する。不思議な悩ましさもあって、クセになりそうだ。

このままでは妙な趣味に目覚めそうである。童貞のままそっちの世界に行ったら、一生女性を知らないまま終わってしまう。

絶対に指を挿れられまいと、昭彦は括約筋をキツくすぼめた。

幸いにも、芽衣子の指は直腸に侵入しなかった。自身も拒んだのであり、それはするべきではないとわかっていたのか。

「おしりの穴、ヒクヒクしてるわよ」

見えなくても、指先に当たる感触でわかるらしい。

「も、もうやめてください」

昭彦のほうは、アヌスをしつこくいじり続けたのだ。そのことをなじられるかと思えば、意外にもあっさり指がはずされた。

「じゃあ、何をされたいの？」

彼女の手は、左右とも股間からはずされている。ペニスも陰囊もさわられていない。

（握って、しごいてほしい）

それが昭彦の願いであったが、口に出すのははばかられた。欲求をストレートに告げるのは恥ずかしい。

そのとき、不意に思い出す。

（竹沢さんは、自分からクンニリングスをせがんだんだよな）

それも、自ら下半身をまる出しにし、年下の男に尻を向けて。その前に、急に発情して、秘部を濡らしていたのである。

「あの……だいじょうぶなんですか？」

訊ねると、芽衣子は面喰らったようだった。

「え、何が？」

「さっき、急におかしくなったじゃないですか。それで、おれに何かしたのかって詰め寄ってきて」

「ああ」

思い出してうなずいた彼女が、首をかしげる。

「今は何ともない……かな？」

いきなり発情した影響は残っていないと見える。クンニリングスで絶頂し、スッキリしたというのか。

「ていうか、キミはどうなの？」

「え？」

「オチンチン、こんなにギンギンじゃない。出したいんでしょ？」

「……はい」

今度は素直に認めた昭彦である。分身は射精したいと疼きまくり、もはや限界だったのだ。

「どうやって出したいの？」

「それは――」

できうることならセックスをしたい。しかし、芽衣子がジーンズもパンティも穿いてしまった今は、頼みづらかった。また脱ぐのは面倒だと、拒まれる気がしたし、そもそもそこまでするつもりはないかもしれない。

とりあえず、手でしてほしいと告げようとしたとき、

「手でシコシコするのと、お口と、どっちがいい？」

願ってもない二択が示されて舞いあがる。

「あ、あの、口で」

焦り気味にお願いすると、彼女がクスッと笑った。

「やっぱりね」

最初からわかっていたという面差し。心の内を見透かされていたみたいで、昭彦は恥ずかしくなった。

しかし、本当にペニスをしゃぶってもらえるのなら、そんなのは些末なことだ。フェラチオは、ある意味セックス以上に憧れの行為であった。未知の器官である膣に挿入するよりも、感覚が想像しやすかったためもあったろう。口や舌なら自分にもあるからだ。

加えて、普段目にしているところに、武骨な肉器官を突き立てるのである。可愛らしい顔なら尚さらギャップが著しく、昂奮するのは間違いなかった。

実際、アダルト動画でも、昭彦はセックスシーンよりフェラチオを好んだ。オナニーでもその場面でフィニッシュすることが多かった。

何なら自分でしゃぶって感覚を確かめてみたい。そう思って試みたことも何度かあった。あいにくとそこまでの柔軟性はなく、諦めるしかなかったが。

ともあれ、それほどまでに求めていた愛撫を、いよいよしてもらえるのである。どうして有頂天にならずにいられようか。

反り返る若茎の根元が握られる。美貌が接近し、息がかかった。

ビクン——。

これまでになく雄々しい脈打ちを示した強ばりが、鈴口から透明な汁をトロリと垂らす。昂奮が大きすぎて、昭彦は早くも果てそうだった。

(まだだぞ)

せっかくフェラチオをされるのに、その前に射精しては身も蓋もない。忍耐を振り絞り、分身が口に含まれるのを待った。

チュッ。

血管が浮いた筒肉にキスをされる。さらに、唇からはみ出した舌が、付け根からくびれに向かって舐めあげた。

「あああ」

不浄な器官に口をつけられ、背すじがゾクゾクする。申し訳ないのに、こんなに感じてしまうのはなぜだろう。

「ンふ」

鼻息をこぼしながら、芽衣子が何度も舌を往復させる。時には左右にチロチロと動かしながら、より甘美な刺激を与えてくれた。

（ああ、もう）

昭彦は陥落寸前だった。それでもどうにか爆発を堪えたのは、まだちゃんとしゃぶられていなかったからだ。

温かな口内に迎えられ、舌をねっとりと絡みつかされる。それがフェラチオの醍醐味だと、未経験ながら結論を導いていた。

「すごいね。ビクンビクンいってる」

頭部をせわしなく振る屹立に目を細める美女。濡れた唇が艶っぽい。そこに突っ込みたいと、荒々しい情動がこみ上げた。

「それじゃ、お口に入れさせてあげる」

芽衣子が口を大きく開く。赤く腫れた亀頭を、あむっと咥え込んだ。

「おおおおっ」

昭彦はのけ反り、極まった声を上げた。腰がガクガクと震え、頭のてっぺんまで歓喜が貫く。

温かく濡れた口内に包まれた分身に、舌が戯れる。ピチャピチャとねぶられ、大袈裟でなくペニスが溶けるかと思った。

（おれ、とうとうフェラチオを経験したんだ！）

精神的な絶頂が、肉体の悦びも高める。ほぼ限界まで高まっていたから、難なく臨界を突破した。

「うあっ、あっ、あっ、いく――」

派手によがり、昭彦は昇りつめた。今日会ったばかりの年上女性の口内に、濃厚な牡汁をドクドクと放つ。

（ヤバい、よすぎる）

全身が歓喜に蕩け、頭の中に白い靄がかかる。こんなにも気持ちのいい射精は、生まれて初めてだった。

第二章　女教師の汗ばんだ肌

1

「すごくいっぱい出したわね」

地面に吐き出した白濁汁を見て、芽衣子が半ばあきれた表情を見せる。彼女の唾液も混じっていたのだろうが、それはかなり大きな液溜まりであった。

「それに、濃くてドロドロしてた。まだ口の中に残ってる感じがするもの」

何度も唾を呑み込むのは、しつこい粘つきを喉に落とすためだろう。

自身の体内から出たものを、そんなふうに論評されるのは気恥ずかしい。昭彦は木の幹に背中をあずけたまま、空を見あげていた。

（おれ、竹沢さんの口に出しちゃったんだ）

罪悪感もあって、顔が見られなかったのである。

ペニスのほうも恐縮するみたいにうな垂れている。包皮をかぶった先っちょから、白く濁った雫が糸を引いてぶら下がっていた。

互いに一度ずつ達したから、これでおあいこと言える。ただ、終わりにするには心残りがあった。たっぷりと放精し、イチモツもおとなしくなっていたのに、胸が疼いてモヤモヤしたのである。

それは芽衣子も同じだったらしい。

「もうできない？」

萎えた秘茎を二本の指で摘まみ、名残惜しげにぷらぷらさせる。くすぐったい快さに、昭彦は「あうう」と呻いた。

ヒクンッ——。

海綿体が反応する。解散した血潮を再び呼び込む気配があった。

「あら？」

彼女も察したようで、ペニスの包皮を剝く。二本の指だけでしごくと、そこがムクムクと膨張した。

「また大きくなるの？」

目を丸くしながらも、芽衣子は嬉しそうだ。やはり続きをしたいのである。

（それじゃあ、おれとセックスを――）

童貞のペニスを嬉々として観察したぐらいなのだ。初体験をさせてあげたい心境になっているのではないか。

そう考えたら、是が非でもという欲求が高まる。彼女とひとつになるには、勃起させねばならない。

しかしながら、そうそう思いどおりにならないのが人生だ。

普段なら、二回連続のオナニーも可能なのである。だが、やはり与えられた快感が大きすぎたらしい。五割がたふくらんだところで、充血がストップしてしまった。

（え、どうして？）

童貞卒業のチャンスだというのに。

早く勃たせねばと焦るほどに、かえって血潮が引いてゆく。昭彦は泣きたくなった。

「んー、ちょっと出しすぎちゃったかな？」

芽衣子が首をかしげる。それから、まだ軟らかな器官を口に含んだ。

チュッ――。

軽く吸われ、くすぐったい快さが生じる。さらに舌が縦横に動き、射精して間もない過敏な粘膜がピチャピチャとしゃぶられた。

「ああ、ああ、ううう」

昭彦は呻き、後ろ手で木の幹に摑まった。

(これがフェラチオなんだ)

さっきは感触を味わう間もなく果ててしまった。今は舌の動きなど、じっくり堪能することができる。

唾液を溜めた口内で秘茎を泳がせながら、芽衣子が陰嚢も優しくさすってくれる。いっそう豊かな心持ちで悦びにひたり、昭彦は空を仰いだ。

風にそよぐ枝葉越しに、眩しい陽光がきらめく、爽やかな気候。心が洗われるような美しい自然に囲まれて、淫らな行為に及んでいる。

後ろめたさと解放感、不思議な昂揚感も覚えながら、昭彦はぐんぐん高まった。まるで自然の恩恵でも受けたかのように、イチモツが力を漲らせる。

(ああ、チンポが勃った)

逞しい脈打ちを自覚して嬉しくなる。ここらがパワースポットというのは、本当なのかもしれない。

「ぷはっ」

漲り棒から口をはずし、芽衣子がひと息つく。唾液に濡れて赤みを増したモノを握り、満足げに目を細めた。

「すごい。ギンギンだね」

白い歯をこぼし、昭彦を見あげる。

「ね、エッチしたい？」

「はい」

昭彦は即答した。いよいよ童貞を卒業できるのだ。

いや、そんなことよりも、単純に彼女と深く交わりたかった。

「じゃ、場所をチェンジね」

代わって芽衣子が大木を背にする。ジーンズに手をかけ、パンティも一緒に豊かな腰から剝きおろした。

今度はスニーカーを脱ぎ、下衣の片側だけ爪先から抜いてしまう。そうしないと脚を開けないからだろう。

正面から見る陰毛は、炎みたいに逆立っていた。もっとも、量は多くない。くっきりした割れ目も確認できる。

「またオマンコ舐めてくれる？」

美女が脚を開く。陰唇の両側に指を添え、左右にくつろげた。

桃色のヌメッた粘膜が視界に入り、昭彦はどぎまぎした。ほんのり酸っぱいような女くささが漂ってくる。一度パンティもジーンズも穿いたことで、中で蒸れたのではあるまいか。

前にしゃがんだ昭彦が、その部分に顔を寄せると、頭上から声がかけられた。

「イカせるまでクンニをするんじゃなくて、ツバをいっぱいつけて、濡らすだけでいいからね」

重要なことは、オーラル奉仕の次に待ち構えているのだ。

昭彦は無言でうなずくと、かぐわしさを取り戻した恥芯に口をつけた。唾液をたっぷりまといつけた舌で、湿った窪地を攪拌（かくはん）する。

「あっ、あっ、気持ちいい」

濡らすだけでいいと言いながら、芽衣子はちゃっかり感じているふうだ。それすらも愛（いと）しくて、つい敏感なところを狙ってしまう。

「くぅうーン、そ、そこぉ」

甘い嬌声が鼓膜を震わせる。じゅわりと、新鮮な蜜が溢れる感触があった。

艶腰が物欲しげに左右にくねる。もっと舐めてと訴えているかのようだったが、彼女は本来の目的を忘れていなかった。

「も、もういいわ」

名残惜しげな口振りながら、中止を求める。

昭彦とて、もっと舐めていたかった。しかし、そんなことよりセックスだ。猛る分身を、心地よい穴に挿入するのだ。

口をはずして立ちあがると、反り返るものが握られる。どうやってするのか戸惑っていると、

「もうちょっと腰を落として」

芽衣子に指示された。どうやら立ったまま挿れることになりそうだ。

彼女は木の根元にあった大きな石に、片足を乗せた。それによって股間が開き、真下から狙いやすくなる。

「ここよ」

屹立が入るべきところへ導かれた。

亀頭にヌメったものが触れる。膣の入り口だ。芽衣子はすぐに挿れさせず、切っ先をこすりつけて愛液をたっぷりとまぶした。

腰を落とし、膝を浅く曲げていた昭彦は、少々つらくなってきた。太腿の筋肉がピ

クピクする。

(もう少しだからな。我慢しろ)

自らを励ましていると、

「いいわよ。挿れて」

いよいよその瞬間が訪れた。

「は、はい」

逸(はや)る気持ちを抑え込み、冷静になれと自らに命じる。曲げていた膝を、そろそろとのばした。

「う――」

芽衣子がわずかに眉をひそめる。入るべきところにあてがわれていたはずが、何かが邪魔してスムーズにはいかなかった。

(けっこう狭いみたいだぞ)

あるいは、立ったままという体位も影響しているのか。

「いいわよ。このままゆっくりね」

励まされて、昭彦は迷わず進んだ。彼女のほうが年上だし、経験も豊富そうだ。きっとできると信じて分身を送り込む。

すると、狭まりがじわじわと開く感じがあった。入り口が狭いせいで、簡単に入らなかったらしい。

「うん、いい感じ」

芽衣子の息がはずんできた。

丸い頭部が徐々に呑み込まれる。裾野の一番太いところを乗り越えると、
ぬるん――。

強ばりが一気に侵入した。

「あふぅ」

年上の女が、白い喉を見せて喘ぐ。意識してそうしたのか、迎え入れたモノ全体を締めつけた。

（ああ、入った）

昭彦も快さと感動に包まれる。とうとうセックスしたのだと、喜びが胸底から湧きあがった。

敏感な肉器官にまといつくのは、柔らかくてヌルヌルしたヒダ。細かなそれは、微かに蠢（うごめ）いているかに感じられる。

今は立っているからまだよかった。寝転がって抱き合ったのなら、今ごろ無我夢中

で腰を振っていただろう。それほどまでに心地よい、初めて味わう柔穴。

うっとりする快感にひたる反面、二十四年間守ってきた童貞を失った寂しさも、わずかながらあったりする。

「あん、オチンチン、すごく硬い」

芽衣子が抱きついてくる。耳元に息を吹きかけられ、それにもうっとりした。

「オチンチン、オマンコの中に、ちゃんと入ってるよ」

「はい。わかります」

答えて鼻を蠢かせた昭彦は、彼女の甘ったるい体臭を胸いっぱいに吸い込んだ。それにより、抱き合っている実感がいっそう強まる。

「初めてのエッチはどう？」

興味津々という声音の問いかけ。男になった感想を聞きたいのだろう。

「すごく気持ちいいです」

「うん。それから？」

「あと、初めてが竹沢さんみたいな素敵なひとで、本当によかったです」

それはお世辞ではなく、本心だった。

「ふうん。童貞を卒業したら、そんなことまで言えるようになるのね。立派だわ」

冗談めかしたふうに言ったのは、照れくさかったからではないのか。

芽衣子がそっと身を剝がす。正面から見つめられ、昭彦も照れた。何しろ、情欲をあらわに猛る分身は、彼女の中にあるのだ。

「ねえ、キスしたことはあるの？」

「ありません」

「わたしとしたい？」

「はい。させてください」

お願いすると、彼女がクスッと笑った。

「そんな仔犬みたいな目をされたら、断れないじゃない」

おそらくこちらが年下だから、いたいけだと感じたのだろう。可愛いものに喩えられたことなんて、これまでなかったから。

瞼を閉じた美貌が近づいてくる。少し斜めに傾いたところで、昭彦も目を閉じた。

近すぎて焦点が合わなくなったのだ。

ふに――。

唇に当たった柔らかなものがひしゃげる感触。続いて、温かくかぐわしい息が隙間から入ってきた。

きた。

（……おれ、キスしてる）

順番が逆になったが、今日一日でキスからセックスまで、すべてを経験できたのだ。

芽衣子が強く抱きしめてくれる。官能的な密着感の中、唇を割って舌が入り込んできた。

チュクチュク……。

トロリとした唾液をつれたそれが、唇の裏を舐める。くすぐったくて歯を緩めると、さらに奥まで侵入してきた。

気がつけば、ふたりの舌がねっとりと絡み合っていた。

（これが大人のキスなのか）

正直、ただ唇を重ねるだけの行為に、そこまで執着があったわけではない。けれど、実際にやってみてわかった。胸が震えるほどに気持ちいいのだと。

性器でも深く繋がり、今また口でも交わっている。くちづけは、唇と舌を使ったセックスなのだと思った。

おかげで、性感が急上昇する。女体の中で、ペニスが雄々しくしゃくり上げた。

「ふは――」

息が続かなくなり、キスを中断する。歓喜の震えが、鳩尾（みぞおち）のあたりまで昇ってきていた。

「た、竹沢さん、おれ」

ハッハッと息をはずませて告げると、芽衣子はすぐに察してくれた。

「いいわよ。このままイッちゃいなさい」

慈悲の笑みを浮かべた彼女は、まさしく天使であった。

「あああ、いく、で、出ます」

柔らかなボディを本能のままに突きあげ、昭彦は快楽の境地に達した。

びゅるんッ――。

牡のエキスが勢いよく放たれる。腰がガクガクするほどの愉悦を伴って。

「あふーん」

ほとばしりを膣奥に感じたのか、芽衣子が悩ましげに喘いだ。

2

セックスのあと、身繕いをすませた芽衣子は山の中の写真を撮り、特に大木をあらゆる角度から撮影した。やはりあの木が、パワースポットの源だったらしい。

ただ、具体的にどんな力がもたらされたのかは、よくわからなかった。

「パワースポットってそういうものよ。要は、訪れた人間が何を感じるかなの。少なくともわたしは、あそこで神秘的な力を感じたわ」

ふもとで別れる前に、芽衣子はそう言った。だが、神秘的な力がどのようなものかは不明だ。それを感じたのは、最初に大木を見あげたときと、最後に写真を撮っていたときだという。

突然発情したようになり、秘部をしとどに濡らしたのは、パワースポットと関係があったのか。昭彦はむしろ、そっちのほうが気になった。

ただ、芽衣子のほうは、あれはパワースポットと無関係だと考えているようだ。

「わたしもよくわからないけど、あれはたぶん、急にいやらしい気分になっただけだと思うわ」

元カレと別れてだいぶ経つからと言われて、昭彦はいちおう納得した。何より本人が言うのだから、信じるより他ない。

そもそも、パワースポットに行ってエッチがしたくなったことなんて一度もないと、彼女は笑った。

昭彦は芽衣子にフェラされて勃起したとき、全身に力が満ちあふれるのを感じた。

それだって単なる自己暗示かもしれず、不思議なパワーがあったと言いきれるものではない。

最後に、オメ山の情報が書かれていたというネットの掲示板を教えてもらい、彼女とサヨナラした。キスとハグで別れを惜しんで。

家に帰ってから、昭彦はネットでオメ山を調べた。

やはり地元民しか知らないとあって、検索してもヒットしたページはほんの数件だった。そのひとつが、芽衣子に教えられた掲示板だったのである。

彼女が言ったとおり、そこにはオメ山について詳細な記述が載っていた。山の名前の謂れも、昭彦が知っているもの以外があった。

(やっぱり村の誰かだな)

少なくとも出身者であることを、昭彦は確信した。余所の人間がここまで書けるはずがない。

問題は、それが誰かということだ。

オメ山がパワースポットであることに関して、具体的な説明はなかった。これも芽衣子が言ったとおりである。

ただ、他にはない素晴らしいところだと、村の地形や歴史も添えて書かれていた。

また、検索してヒットした他のページを当たったところ、そちらもやはりパワースポットの情報が載せられたサイトだった。

(これ、祖父ちゃんが書き込んだのかも)

昭彦は不意に悟った。書き込まれた日付は、すべて亡くなるひと月ほど前だった。村で最初にインターネットに接続したのは祖父だったと、前に聞かされたことがある。新しもの好きで、若いときから様々なものに手を出してきたという。ネットも黎明期の、電話回線を使っていたときに始めたとか。パソコンも最新型を使いこなしていたそうだ。

そんな祖父なら、ネットの書き込みなど朝飯前である。しかもオメ山に関しては、誰よりもよく知っている。何しろ所有者だったのだから。

最期は長年患っていた病が悪化し、米寿を前に亡くなった。けれど、その数日前までピンピンしていた。

一方で、死期が近いのを悟っていたのではないか。そのため、オメ山のことをネットに書き込み、孫にあとを託したのだとか。

(てことは、おれに女性をあてがうために、パワースポットだなんて適当なことを吹聴したっていうのか?)

実際、東京からわざわざやって来た芽衣子と、オメ山で初体験を遂げたのである。あれは祖父が取り持ってくれた縁なのか。

そこまで考えて、

（いや、まさか）

昭彦はかぶりを振った。

そんな都合よく、亡くなった人間の思惑通りに事が運ぶわけがない。芽衣子が村に来たのも、その日たまたま昭彦がオメ山に行ったのだって、単なる偶然だ。

だとしても、パワースポットの話がどこまで本当なのかが気に懸かる。

祖父が嘘八百の情報を流したとは思えない。だからと言って、本当に何らかの力があるのかなんて、調べようがなかった。

そして、もしも神秘的な力があるのだとすれば、芽衣子は確信していたようだけれど。彼女が発情したのはそのせいだと思えてならない。

（じゃあ、エロい力がある山だから、祖父ちゃんはおれに管理を任せたのか？）

女っ気のない孫でも、オメ山のご利益で女を抱けるだろうと。しかし、それも眉唾ものの推測である。

とは言え、初対面の女性と深い関係になれたのは事実。

童貞を卒業したことは、男としての自信に繋がった。セックスを経験できたばかりでなく、その前にクンニリングスで年上の女を絶頂させたのだ。そっちのほうが、昭彦にとっては誇らしかった。

とにかく、オメ山があったからこそ、素晴らしい経験ができたのだ。これからは足を向けて寝られないなと、託された山に感謝する昭彦であった。

(あれ?)

数日後、校庭の草刈りをしていた昭彦は、フェンスの向こうを通りかかった人物に目を疑った。

(土岐田さんじゃないか!)

間違いなく、かつての同級生である土岐田理緒だ。高校こそ違ったが、小中の九年間一緒だったのである。

薄手のニットに白のパンツスタイルと、シンプルながら垢抜けた装い。すっかり大人になっていても、見間違えるはずがない。

なぜなら、ずっと好きだったからだ。

昭彦は草刈りを中断し、校門から外に出た。

「土岐田さん」

声をかけると、驚いた顔がこちらを振り返る。昭彦を認め、怪訝（けげん）そうに眉をひそめたものの、間もなくうなずいた。

「ああ、亀山君」

「久しぶり。いつ帰ってきたの？」

駆け寄って訊ねる。かつての昭彦は、たとえ同級生でも、女の子に声をかけるなんてできなかった。これも脱童貞の効果なのか。

「えと、うん……一昨日」

理緒が答え、目を逸らす。やけに余所余所しい態度だ。

おまけに、表情がやけに暗い。

（土岐田さん、もっと明るい子だったのに）

五年前に小中併設になったが、その前は小学校がふたつと中学校がひとつあった。同学年の生徒は二十人ぐらいしかおらず、全員が幼なじみみたいなものだった。

女子の中でも、理緒の愛らしさは際立っていた。おまけに明るくて頭脳明晰。学級委員としてクラスを引っ張るリーダーシップもあった。

男子のほとんどは彼女が好きだったのではないか。互いに牽制して、中学卒業まで告白する者はいなかったけれど。

その後、同じ高校に進んだ同級生のひとりが、理緒に告白したという噂を聞いた。あえなく撃沈したという結果付きで。昭彦は胸を撫で下ろした。

高校時代は、たまに村内で見かけることがあったぐらいで、言葉は交わさずじまいだった。理緒は東京の大学に進学したし、昭彦は職業訓練校と進路がバラバラで、以来、会うことはなかった。村の成人式にも、彼女は出席しなかった。

よって、久しぶりの再会だったのだ。

「あの、元気?」

素っ気ない態度に怯みそうになりつつ訊ねると、理緒は首をかしげた。

「まあまあ」

またも単語レベルの受け答え。ひょっとして、同級生なんかと会いたくなかったのだろうか。

(ていうか、おれが嫌われてるのか?)

改めて自身を見おろせば、薄汚れた作業着を着て首にはタオルと、パッとしないどころではない身なり。おまけに、自分でもわかるぐらいに汗くさい。

「あ、ご、ごめん。こんな恰好で話しかけちゃって」

慌てて後ずさると、彼女がハッとしたふうにかぶりを振った。

「ううん、そういうんじゃないの。ちょっと考えごとをしていて」

ようやく口許をほころばせてくれた理緒に、昭彦は安堵した。ただ、昔の天真爛漫（てんしんらんまん）なそれとは異なり、かなりぎこちない笑顔だ。

（考えごとっていうより、いっそ悩んでるみたいだぞ）

だったら、是非とも相談に乗ってあげたい。そう思って事情を訊ねようとするより前に、

「亀山君、学校で仕事してるの？」

彼女のほうから質問された。

「あ、うん。校務員なんだ」

「ふうん。頑張ってるのね」

「いや、それほどでもないけど」

「お仕事の途中なんでしょ。それじゃ、またね」

小さく手を振り、理緒は行ってしまった。

（またね……か）

さよならを言いそびれ、昭彦はその場に突っ立ったまま、次第に小さくなる彼女を

見送った。

理緒は大学を卒業後、東京で就職したと聞いていた。昭彦は両親が役場職員ということもあって、村民の情報が手に入りやすいのである。

だが、今は帰省のシーズンではない。有休を取って帰ってきたという雰囲気でもなかった。

セックスを経験して男になったあとで、好きだった子と会えたのだ。ここはしっかりアプローチして彼氏彼女の関係になりたいところなのに、出端をくじかれた気分だった。

(何かあったんだろうか)

昭彦は気になって仕方なかった。

3

図書室の蛍光灯が切れたため、昭彦は交換を頼まれた。簡単な作業なので、すぐに終わる。

ひと息つき、図書室をぐるりと見回した。

小中併設のため、本は小学生向きから中学生向き、さらには村の図書館から持ち込んだ大人向きのものまで、かなりバラエティに富んでいる。統合した三校の本を集めたため、冊数もかなりあった。

昭彦は中学生のときに、けっこう本を読んだ。他に娯楽がなかったし、国語の成績が上がると言われて、図書室で時間を過ごすことが多かった。

当時は統合前で、中学校の図書室はここよりもずっと狭かった。本も多くなかったから、ジャンルを問わずに片っ端から読んでいった。

おかげで、確かに国語の成績は上がった。

（また本を読んでみようかな……）

そんなことを考えながら、並んだ本を順番に眺めてゆく。

書棚はほとんどが開放タイプだった。しかし、カウンターの近くに、スチール製でガラス戸のついたものがあった。

中に並ぶのは県史や村史などの、ケースに入った厚みのある書籍である。禁帯出ではなく、棚にも鍵はかかっていないが、生徒は手に取らない類いのものだ。

（あ、待てよ）

思いついて、昭彦は紅浦村の村史を取り出した。

何もない村だから、本の厚みはそれほどでもない。村の歴史についても、あまりページを割かれていなかった。

調べたかったのは、オメ山についてである。祖父がネットに書き込んだ以外に、謂れや歴史があるのではないかと期待したのだ。

ところが、他の山々については詳細に記述されていたのに、オメ山のことは一行も書かれていなかった。やはり正式な名前がない山だからなのか。

誰が村史に関わっていたのかと気になり、最後のほうのページで確認する。すると、協力者の欄に祖父の名前があった。

(てことは、祖父ちゃんはオメ山のことを何も話さなかったんだな)

あるいは話したものの、村史に載せるほどではないと判断されたのか。

もっとも、他の山は面白みのない、些末なことまで書かれていた。余っ程ネタがなかったのだろう。それと比べれば、ネットに書き込まれたオメ山の記事のほうが、ずっと面白かった。

(そうすると、ネットのあれは全部作り話だったのかな)

すべて祖父の創作だったと考えれば納得がいく。村史に出鱈目なことを書くわけにはいかないだろうから。

では、芽衣子が感じたパワーは、単なる思い込みだったのか。いきなり発情したのもたまたまだったと。

昭彦はがっかりした。もともとオカルト的なものは信じていなかったが、あのめくるめく初体験が、何だか面白みのないものに思えてくる。

(――て、何を期待してたんだよ)

不思議な力に導かれて、年上の美女と交わったことにしたいというのか。べつにファンタジー好きでもないのに。

ともあれ、あれが奇妙な巡り合わせだったのは間違いない。そのため、ありきたりなボーイミーツガールとは一線を画していたと思いたかったようだ。我こそは特別だという意識がはたらいて。

自意識過剰だなとあきれたとき、図書室の戸が開いた。

「亀山さん、ご苦労様」

入ってきたのは、中学国語科の河本（かわもと）みのりだ。図書関係も担当しており、蛍光灯の取り替えも彼女に頼まれたのである。

「あ、蛍光灯のほう、新しくしておきました」

「ありがとうございます。わたしが自分でやればいいんですけど、電気関係には疎くって」

申し訳なさそうに言われて、昭彦はかぶりを振った。

「いえ、おれ——僕の仕事なので」

開いていた村史を閉じ、スチール棚に戻す。

「何かお調べもの？」

女教師がこちらに歩み寄ってきた。人妻の証したる銀のリングが、左手の薬指にはまっている。

田舎の学校ということもあり、教師たちの情報は普通に伝わっている。みのりは三十一歳で夫がいると、昭彦も知っていた。さらに夫も同業で、村外から単身で赴任してきた彼女は、村の住宅に住んでいることも。

みのりはひと好きがする女性である。愛嬌のあるタヌキ顔で、屈託のない笑顔は年齢を感じさせない。優しくて、生徒にも慕われている。

今は白いブラウスにロングスカートという、いかにも先生っぽい身なりだ。だが、時にはジャージ姿で、生徒たちと活動をともにすることもあった。

今の生真面目な装いもいいが、昭彦はみのりのジャージ姿が好きだった。

サイズが小さめなのか、おっぱいの張り具合やヒップの丸みがあからさまで、肉感的なボディだとわかる。そのときには長い髪をポニーテールにして、溌剌として若々しい。ぶっちゃけ、夫がいなければ惚れていただろう。

だからこそ、彼女に蛍光灯の取り替えを頼まれると、他の仕事を後回しにして、すぐ取りかかったのである。

「あら、村史を読んでたんですね」

昭彦が戻した本を見て、みのりがうなずく。パワースポットを調べていたなんて、教師からすれば幼稚だと蔑まれる気がして、

「はい。村の歴史をちょっと」

訊かれる前に適当なことを言って誤魔化した。

「勉強家なんですね」

こちらが七つも年下なのに、丁寧に接してくれるのが嬉しい。

「いえ、そんなことありません。地図に載っていない山の名前の謂れが気になって」

「ああ。そういう山って、このあたりには多いみたいですね」

うなずいた彼女が、何かを思い出したみたいに両手をパチンと合わせる。

「そう言えば、亀山さんって山を相続したんですってね」

「ああ、はい」

オメ山を継いだあと、高齢の教師との雑談で喋ったことがあった。それを小耳に挟んだのではないか。

「村の山には詳しいんですか？」

「ええと、まあ。ずっと村にいるので、それなりには」

「キャンプのできる山って知りませんか？」

質問に、昭彦はそういうことかとうなずいた。

みのりの趣味がソロキャンプだというのは、他の教師から教えてもらった。単身で村に来て、せっかくだからここでしかできないことをやってみようと、一から始めたという。

最初は食料持参で、テントを張って寝泊まりするだけだったらしい。それが次第に本格化して、今では水も燃料も現地調達し、食事もその場で調理するそうだ。

ただ、山とは言ってもだいたい所有者がいるから、勝手に入り込むわけにはいかない。彼女は教師らしくきちんとしているので、事前に許可を求めて場所を決定していると聞いた。

そうなると、できる場所は限られてくる。もともと活動的な女性であり、近頃ではサバイバル的な活動を好むというみのりは、キャンプ場所の選定に頭を悩ませているらしい。

　そのため、村出身の昭彦に訊ねたのだ。

「それならいいところがありますよ」

「え、本当に？」

「はい。ひとが滅多に入りませんし、道も細いのが一本あるだけの、そんなところです。地図にも載っていない山なので」

　この返答が、彼女のサバイバル魂に火を点けたらしい。

「何ていう山なんですか？」

「オメ山です」

「おめやま……聞いたことがないわ」

「ええ。村史にも載っていませんでしたから」

　みのりはますます興味を惹かれたようだ。

「是非行ってみたいわ。でも、その前に、所有者の方に許可を取らないと」

「その必要はありません」

「え？」

「オメ山は、僕が祖父ちゃんから受け継いだ山なので」

女教師の表情が、明るく輝いた。

次の土日にキャンプをすると、話はとんとん拍子に決まった。初めてのところなので案内をしてほしいとみのりに頼まれ、昭彦は了承した。

オメ山を紹介したのは、本当にパワースポットなのか確かめたかったからである。

(もしかしたら河本先生も、竹沢さんみたいに――)

と、エロい期待があったのは否めない。いや、だからこそなのだ。

せっかく男になったのだから、他の女性とも体験してみたい。そんな願望があったのは確かである。

もうひとつ、経験を積むことで、理緒とももっと気軽に言葉を交わせるようになるのではという期待もあった。

彼女が一時的に帰省したわけではなく、東京の仕事をやめて村に戻ったという話は、親ヅテに聞いた。向こうで何があったのかは不明ながら、当分こっちにいるのは間違いないらしい。

ならば、偶然顔を合わせることもあるだろう。そのときにちゃんと話ができるよう、女性にもっと慣れておく必要がある。

その相手として、みのりは理想的であった。人妻だから後腐れがないし、何よりも魅力的だ。豊満な熟れボディを、是が非でも堪能したい。

と、かなり自分本位な理由で、お膳立てをこしらえたのである。

当日、昭彦は自分の車で、村営住宅に向かった。

「わざわざありがとう。面倒かけちゃってごめんね」

部屋から現れたみのりが、屈託のない笑顔を見せてくれる。学校とは違うくだけた言葉遣いにも、こちらに対する親しみが感じられた。

服装は、あのときの芽衣子よりもキャンプ向きになっている。

動きやすそうな衣類は一緒で、袖なしのジャケットも共通している。けれど、こちらはポケットが多い。また、足元も長靴である。

そして髪型は、学校で運動するときと同じポニーテールだ。

「いえ、どうせ暇ですから」

彼女の荷物は多くなかった。テントの他は、背中に背負うバッグがひとつだけである。可能な限り現地調達でまかなうというのは事実らしい。

初めての山ということで、みのりはワクワクしているのが窺（うかが）える。ずっと笑顔だったし、運転する昭彦にあれこれ話しかけてきた。

「オメ山っていうのは、どういう山なの？」

「特に変わったところはありません。山に入るのも山菜を採るときぐらいで、普段は足を踏み入れるひともいませんし」

「ふうん。ひょっとして、神様がいる聖地みたいな山で、だから入ったら罰が当たると思われてるとか」

「そんな山だったら、祖父ちゃんはおれなんかに継がせないと思います。あと、それらしい鳥居も社もありませんし。ただ――」

女神の伝説を話すと、彼女は興味深げにうなずいた。

「そういう、神様が土地の一部になるっていうのは、神話や昔話でもけっこうあるわね。案外、本当のことだったりして」

「まあ、今となっては確かめようがないですけど。今の話は、村史にも載ってませんから」

「逆に、文言に遺したらいけないのかも。口承で伝えることのみ許された伝説や秘法とかが、けっこうあるって聞くから」

その発想はなかったから、昭彦は感心した。

（さすが先生だな）

そうするとオメ山についても、限られた人間にのみ伝えられる秘密があるのか。

パワースポットの件は、みのりには話さなかった。何も先入観がない状態で、彼女がどんな反応を示すのか知りたかったのだ。

車が山のふもとに到着する。キャンプ用の荷物を、みのりは全部ひとりで持った。

「おれも手伝います」

昭彦の申し出を、笑顔で断る。

「わたしはソロキャンプで慣れてるから。それに、こういうのをひとりで運べないようじゃ、キャンパーの資格はないわ」

彼女なりのポリシーがあるようだ。

「亀山さんは、案内だけしてちょうだい。テントを張るのによさそうなところを教えてほしいんだけど」

「わかりました」

昭彦は先導して坂道を登った。残念だなと、密かに落胆して。

芽衣子とここを歩いたときには、後ろからジーンズのヒップを飽きることなく視姦した。みのりのそこも、堪能させてもらうつもりでいたのに。

(ま、しょうがない)

急ぎすぎないよう、女教師の歩くペースに注意を払いながら、昭彦は足を進めた。

急坂ということもあって、車の中ほど会話が続かない。それでも、坂が緩やかになるたびにひと息つき、何らかの言葉が交わされる。

「そう言えば、亀山さんって彼女いるの？」

プライベートを問われてドキッとする。

「いませんよ。こんな村じゃ出会いもないですし」

昭彦は振り返ることなく答えた。芽衣子との初体験が脳裏に蘇り、動揺した顔を見られたくなかったのだ。

「でも、若い子がいないわけじゃないでしょ」

「それはまあ、そうですけど」

「このあいだ、Uターンしてきた子がいるって話も聞いたけど」

きっと理緒のことだと、昭彦は察した。最近、村に戻った若い世代は、他にいないからだ。

「まあ、彼女とかは給料が上がって、生活の不安がなくなったら考えます」

自虐的なことを口にすると、みのりは何も言わなかった。また坂が急になったからだろう。

（でも、河本先生まで土岐田さんのことを知ってるなんて）

村の人間ではない彼女にも話が伝わっているのなら、戻ってきた理由も知っているのだろうか。気になったものの、訊ねたらどういう関係なのか詮索される気がして黙っていた。

間もなく、例のパワースポットに到着する。

「まあ綺麗」

開けた景色に、みのりが目を輝かせる。巨木の近くに進み、幹に手を突いて枝葉を見あげた。

「すごく神秘的な木だわ。それこそ神様が宿っているみたい」

彼女も何らかのパワーを感じ取っている様子だ。

（さて、どうなるか）

昭彦は期待していた。あの日の芽衣子がそうだったように、熟れた女体に変化が現れることを。

ところが、みのりは平然としている。周囲の美しい眺めに感心するだけで終わったものだから、昭彦は拍子抜けした。

（あれ、何ともないのか？）

ということは、芽衣子が発情したのは、巨木やこの場所とは何も関係がなかったというのか。恋人と別れて久しく、欲求不満だったために、男とふたりっきりの状況に肉体が勝手に反応したと。

「んー、綺麗なところだし、平らで開けてるから、ここでキャンプをしてもいいんだけど」

迷った顔を見せたあと、

「やっぱりダメね」

みのりは不適格と結論づけた。

「え、どうしてですか？」

「高い木の近くは、落雷が心配だもの。今日明日と天気はいいはずだけど、山の天気は変わりやすいから注意しないと」

ちゃんとした理由があったのだ。

「あと、水があったほうがいいわ。湧き水の出てるところって、近くにないかしら」

「ああ、はい。あります」

祖父が書き込んだネットの文章に、大木から百メートルほど上がったところに湧き水があると書かれていたのだ。

行ってみれば、土手に刺さった塩ビ管から、水がチョロチョロと流れているところがあった。水受けはステンレスのたらいで、誰かが設置したものらしい。

「ああ、こういうのを求めてたの。理想的だわ」

みのりは水筒のコップに水を注ぐと、喉を鳴らして飲んだ。

「冷たくて美味しいわ。まさに山の清水ね」

嬉しそうに口許をほころばせる。周囲も比較的平らで、キャンプに最適な場所だとすぐに結論が出たようだ。

「決めた。今夜はここで泊まるわ」

荷物を下ろし、テント設営の準備を始める。そっち方面の知識がない昭彦は、ただ見守ることしかできなかった。

(……やっぱりパワースポットっていうのは、ひとそれぞれの感じ方なんだな)

少なくとも、みのりは何も感じていない。今はソロキャンプの準備に夢中である。

そのおかげで、さっきは拝めなかったヒップラインを目にすることができた。

彼女は作業をしながら、無防備におしりを突き出すポーズを取る。昭彦のことなど、まったく気にかけていない。

いや、べつに肌を晒しているわけではないのだ。着衣の熟れ尻に関心を持たれるなんて、想像すらしないのではないか。

（こんなにエッチなのに……）

動きやすさを考えてなのか、女教師のジーンズはソフトタイプらしい。ふっくらした丸みのはずみ具合から推察できる。パンティラインもくっきりで、かなり喰い込んでいるのがわかった。クロッチの縫い目まであからさまだ。

お肉のボリュームは、芽衣子に負けず劣らずというところ。双丘の下側、太腿との境界部分の波線もエロチックで、脱いだらどんなふうなのかと想像せずにいられない。

股間のムスコは、早くも臨戦モード。ズボンの前を突っ張らせ、ブリーフの裏地に先走りを染み込ませる。

おそらく、ペニスを掴み出してしごけば、一分と持たずに香り高い精がほとばしるであろう。それほどまでに昂奮が高まっていたのは、淫らな展開への期待が大きかった証（あかし）でもある。

しかし、それができないとなると、単なるナマ殺しだ。

最後の望みは、みのりがテントに泊まるよう勧めてくれることである。だが、ソロキャンプが趣味なのに、それはあり得ない。

あとは、せめて食事でも一緒にと言われ、しばらくふたりで時間を過ごすことができるかどうかだ。そうすれば、色めいた展開に至る可能性もある。

但し、パワースポットの妙な効果がないとなると、抱き合える確率はゼロに近い。みのりも夫と離れて暮らしており、欲求不満が高じていれば別であるが。

そんなことを悶々と考えるあいだに、テントが完成する。

「亀山さん、ありがとう。今夜はいいキャンプができそうだわ」

改めて向き直った人妻教師に礼を述べられ、昭彦は「どういたしまして」と頭を下げた。もうひとつのテントを張った股間を見られないよう、両手で隠して。

「じゃあ、あとはわたしひとりでだいじょうぶなので、亀山さんはお帰りください」

食事でもご一緒にという望みも絶たれ、心底がっかりする。

「あの、でも、焚き木集めとか、お手伝いすることがあれば」

食い下がっても無駄であった。

「そういうのもひとりでこなすのが、ソロキャンプの醍醐味なの。お気持ちだけいただいておくわ」

きっぱりと断られ、「さようなら」と背中を向けられる。取り付く島もないというか、さっさと帰れと突き放されている気がした。

「じゃあ、おれはこれで」

仕方なく、その場をあとにしようとしたとき、

「キャアアアッ！」

盛大な悲鳴が静寂を破った。

「え？」

振り返ると、血相を変えて駆け寄ってくるみのりがいた。何が何だかわからず固まっていると、思いっきり抱きつかれる。

「ど、どうしたんですか？」

甘い汗の香りにうっとりしつつ訊ねると、

「へ、ヘビが」

昭彦の首筋に顔を埋めたまま、彼女が短く答える。キャンプ用の衣服越しでも、からだが震えているのがわかった。

テントのほうを見れば、そばの岩の上に、向こうへ消え去るヘビの尻尾が見えた。それほど大きくなく、そこらの山でよく見るタイプのおとなしいやつだ。

(ていうか、キャンプが趣味なのにヘビが怖いなんて)

これまで遭遇してこなかったというのか。

「もうどこかに行っちゃいましたよ、ヘビは」

安心させるように、背中をポンポンと叩いて告げる。けれど、みのりは昭彦にしがみついたまま、離れようとしなかった。

（そんなに怖かったのか？）

もしかしたら、またヘビが出たら怖いから一緒にいてと、せがまれるかもしれない。そうなったらヘビ様々である。

ともあれ、このまま密着していたら、おかしな気分になりそうだ。

「河本先生、どうしたんですか？ もうだいじょうぶですから」

優しく声をかけると、ようやく彼女が顔を上げた。

（え？）

昭彦はギョッとした。女教師の表情が、さっきまでと違っていたのである。頬が紅潮し、目が今にも泣き出しそうに濡れている。おまけに、息づかいがやけに荒い。

そんなにヘビが怖かったというのか。いや、それは恐怖の反応ではなかった。明らかに淫らな色をまとっていたのである。

「……あなた、わたしに何をしたの？」

それは、あの日芽衣子が口にした台詞（せりふ）と同じであった。

4

「な、何もしてません」

焦って答えれば、「ウソ」と撥ねつけられる。それもあの日と同じだ。

「だったら、どうしてこんな——」

みのりは、いきなり股間をまさぐってきたりしなかった。代わりに、モジモジと腰を揺らす。

(河本先生まで発情したっていうのか?)

だが、あの大木に触れてから、だいぶ経っている。場所も離れたし、パワースポットとの関連は見当たらない。

では、いったい何が起こったというのか。

「だいたい、わたしに何を飲ませたの?」

「え、飲む?」

「あの水を飲んでから、わたしはおかしくなったのよ」

山の清水のことだと、すぐにわかった。

「いや、おれもここに水が湧いてると知っていただけで、飲んだことはないんです」

「そんなの無責任じゃない」

もともと水のあるところに案内しろと言ったのは彼女なのだ。なのに、責任を問われても困る。

「とにかく、何がどうなったっていうんですか」

改めて確認すると、みのりが顔を歪めた。

「ほ、ホントにわからないの？」

「ええ、わかりません」

「うう……」

呻いて迷ったのち、彼女は昭彦の右手を取った。導かれた先は案の定、ソフトジーンズがガードする股間であった。

（うわ）

昭彦は驚いた。その部分は着衣の外まで、ぐっしょりと濡れていたのである。まるでオモラシでもしたかのように。

あるいはヘビを見て失禁し、それを水のせいにしようとしているのか。けれど、わずかにヌルヌルするそれは、尿とは異なる液体である。アンモニア臭もたち昇ってこない。

「わ、わたし、テントを張りながらアソコがどうしようもなく疼いちゃって……このままじゃおかしくなりそうだったから、亀山さんが帰ったあとに自分で慰めようと思ってたのに」

あられもない告白に、顔が熱くなる。では、早く帰らそうとしたのは、オナニーをするためだったのか。

「だけど、ヘビにびっくりして抱きついて、亀山さんの匂いを嗅いだら、もう我慢できなくなったの。アソコもビショビショになっちゃうし」

ここまで濡れたのは、昭彦に抱きついたあとのようだ。男の体臭が、成熟した女性を瞬時に堕としたということか。

「わたしがこうなったのは、亀山さんのせいなんだから」

そこまで言って、みのりがいきなり首っ玉に腕を回した。

「む――――」

予告もなく唇を奪われ、目を白黒させる。焦点の合わない至近距離に、閉じた瞼と長い睫毛(まつげ)があった。

「ん、ンふ」

切なげな吐息をこぼしながらのくちづけ。三十一歳の女教師が、身も心も熱情にまみれているのが伝わってきた。

（ええい、こうなったら）

もともと彼女と親密になることを願っていたのだ。躊躇する理由はない。

昭彦は熟れたボディを強く抱きしめると、顔を傾けて貪るようなキスに応えた。みのりよりも先に舌を差し入れ、より深い繫がりを求める。

（おれ、河本先生とキスしてるんだ）

同じ職場で働く女性が腕の中にいて、舌を戯れさせている。それだけに信じ難く、背徳的な気分も高まった。

何しろ、彼女は人妻でもあるのだから。

ピチャ……チュウ――。

口許からこぼれる音が、官能的な気分を高める。舌がニュルニュルとこすれるのも快い。

みのりの唾液はサラリとしていた。吐息は幾ぶん生々しく、乾燥肉じみたクセがある。それゆえに、彼女を深いところまで知った気になった。

しかし、まだ足りない。もっと秘められたところの匂いも嗅いでみたい。

口周りが唾液でベタつくほどのねちっこいキスを交わしながら、昭彦は女体をまさぐった。ボリュームのある尻肉を揉んだあと、さっき導かれたところへ、再び手指を侵入させる。

（ああ、すごい）

そこはさっき以上に熱を帯び、濡れかたも著しい。中心を折り曲げた指の先で抉るようにすると、

「ふんッ」

みのりが太い鼻息をこぼした。

（感じてるぞ）

次は内部のミゾに沿って、圧迫しながらこする。

「むっ、むっ、んんぅ」

彼女は呻き、身をくねらせた。お返しだとばかりに牡の股間に手をのばし、ズボン越しにシンボルを鷲掴みにする。

「むううう」

昭彦も目のくらむ悦びを与えられた。

衣服越しの愛撫交換は焦れったく、汗でからだがじっとりと湿る。進展させないと、

気がおかしくなりそうだ。

「ふは──」

唇を離し、ふたり同時に息をつく。上気した面持ちのみのりは、いつも以上に麗しく、色気が満ちあふれていた。

「ね、いやらしい女だなんて思わないでね」

口早に告げられ、「もちろんです」とうなずく。彼女も芽衣子と同じように、未知のパワーに衝き動かされているのだ。

ただ、それが何なのかは、未だに不明である。

「わたし、男性の前でこんなになるなんて、初めてなんだから」

みのりは身を剝がすと、昭彦の前にしゃがんだ。断りもなくズボンの前を開き、ブリーフごと引き下げる。一刻の猶予もないという、焦った面差しで。

「ああ」

逞しく反り返る男根と対面するなり、美貌がだらしなく緩んだ。

「こんなになっちゃって」

両手で捧げ持つように強ばりを握り、顔を寄せて頰ずりする。愛しくてたまらないというふうに。

そこが汗でベタつき、シーフードのようなナマぐささを放っているのは、昭彦にも自明のことであった。けれど、彼女は少しも嫌悪を示さず、最も匂いの強いくびれをスンスンと嗅ぎ回る。

「ああ、男の――チンポの匂いだわ」

生徒たちの前で、国内外の名作をすらすらと朗読する先生が、そんな卑猥なことを口にするなんて。昭彦は頭がクラクラするのを覚えた。

「こんなに硬い。やっぱり若いのね」

回した指に強弱をつけ、漲り具合も確認する。誰と比較しているのかなんて、いちいち問うまでもなかった。

(旦那さん、確か年上だったよな)

みのりとは七つ違いだし、彼女の夫と昭彦は、十歳近く離れているのではないか。だとすれば、硬さが違うのも当然だ。

昭彦は分身に力を送り込んだ。ビクビクと脈打たせて、ここぞとばかりに若さと逞しさをアピールする。

「素敵」

うっとりした眼差しを注がれて、誇らしさに胸が大きくふくらむ。無意識に腰を突き出すと、反り返るイチモツが前に傾けられた。

「味見させてね」

みのりが口をOの字に開く。肉の槍が真っ直ぐに吸い込まれた。

「おおおっ」

昭彦はのけ反り、天を仰いだ。次の瞬間、温かな中にひたった部分が、チュウと強く吸われる。

(河本先生が、おれのチンポを——)

生徒たちに正しい道を示すその口で、夫以外の男の性器を咥えている。舌が這い回り、蒸れた味と匂いを舐め取った。

「ああ、ああ、おおお」

目のくらむ快感に、膝がガクガクする。昭彦は彼女の肩に摑まり、どうにかからだを支えた。

ふたり目の女性、そして、ふたり目のフェラチオ。どちらがいいかなんて比べる余裕はなく、身を震わせて喘ぐばかり。

(やっぱりこの山には、何かあるみたいだぞ)

でなければ、ふたり続けて淫らになるわけがない。

みのりは口許をキュッとすぼめると、頭を前後に振った。唇で筒肉をしごき、亀頭とくびれには舌をねっちりと絡みつかせる。

「うあっ、あ、駄目です」

急速にこみ上げるものを感じ、慌てて声をかける。しかし、彼女はおかまいなく吸茎奉仕を続けた。

「こ、河本先生、ヤバいです。そんなにされたらイッちゃいます」

切羽詰まっていることを告げると、ようやく口がはずされた。

「もう出そうなの？」

明らかに不満げな顔つき。昭彦は情けなくなった。

「は、はい……」

「ダメよ」

叱るように言って、みのりが立ちあがる。ジーンズとパンティを、ためらいもなく脱ぎおろした。

「わたしを気持ちよくさせる前にイッたら、許さないからね」

恥ずかしいところをあらわにした女教師に、昭彦は現実感を見失いそうになった。

第三章　いやらしい尻と唇

1

みのりは積極的だった。足首に絡まった衣類を抜き取ると、長靴のみの下半身すっぽんぽんとなり、そばの木に歩み寄る。

(河本先生、エロすぎるよ)

同じ恰好を学校でしようものなら、男子生徒はひと目もはばからず、全員オナニーをおっ始めるに違いない。一部だけ肌を晒した姿は、それほど煽情的であった。

彼女は木の幹に両手で摑まると、まん丸なおしりを昭彦のほうに差し出した。

「バックから挿(い)れて」

ストレートな要請に、軽い目眩(めまい)を覚える。

「すぐに硬いチンポをぶち込んで。オマンコはヌレヌレなんだから、すぐにしちゃっていいわ。チンポを挿れたら、子宮に届くぐらいにガン突きしてちょうだい」

国語教師ならぬ淫語教師かと思えるほど、続けざまに卑猥な言葉が飛び出す。それだけ昂(たかぶ)っているのだろう。

これはもう、望みを叶えるしかない。

(おれ、河本先生ともセックスするのか)

そうなることを望んでいたはずなのに、いざそのときを迎えるとためらってしまう。うまくいきすぎて怖いという感覚が近いだろうか。

加えて、まだ一度しか経験がないため、ちゃんとできるのかという不安もあった。

(ええい。おれは竹沢さんをイカせたんだ)

あれはセックスではなくクンニリングスだったが、絶頂させたことに代わりはない。自信を持てと自らに言い聞かせる。

昭彦も膝に止まっていたズボンとブリーフを完全に脱いだ。そのほうが動きやすいからである。スニーカーを履き直して、みのりの真後ろに進んだ。

ぱっくりと割れた尻割れの底に、ほころんだ肉唇が見える。その部分に顔を近づけなくても、狭間に蜜が溜まっているのがわかった。

（うう、エロい）

毛の量は芽衣子よりも多い。少しぷっくりしたアヌス周りにも、取り囲むように生えていた。

普段彼女の授業を受けている生徒たちは、綺麗で優しい先生の肛門に毛が生えているなんて思いもしまい。彼らにこっそり教えてあげたいと、変態的な願望が頭をもたげる。

「ねえ、早く」

みのりが尻を振って挿入をねだる。なんていやらしい先生だと胸の内でなじりながら、昭彦は前に傾けた肉槍の穂先で秘割れをこすった。

クチュクチュ……。

ヌレヌレだと言った彼女の言葉に嘘はなかった。亀頭がミゾに沿ってすべり、粘っこい音を立てる。入り口が吸い込むようにヒクつく感じもあり、すぐに入ってしまいそうだ。

「そ、そこよ。挿れて」

ほんの少しも待てないというふうに、彼女がせがむ。昭彦のほうも我慢できなくなっていたから、ひと思いに進んだ。

ぢゅぷり――。

中に溜まっていたトロミが押し出される感触。実際、陰嚢に温かなものが流れるのがわかった。

「おほぉ」

みのりがのけ反って喘いだとき、ペニス全体が締めつけを浴びていた。

（入った――）

感慨が胸に迫る。このあいだまで童貞だったのに、早くもふたり目の女性を知ったのである。

これもオメ山のおかげなのかと思いながら、そろそろと腰を引く。くびれまで後退したところで、再び剛直を蜜穴に戻した。それも勢いよく。

パツンッ。

下腹のぶつかった双丘が、ぷるんと波立つ。「あひッ」と、鋭い嬌声が聞こえた。

「い、いい。もっとぉ」

遠慮のない求めに応じて、腰を前後に振り立てる。

（なんだ。けっこう簡単だな）

この体位だと、入っているところが目で確認できるため、動きをコントロールしやすい。初めて挑戦する昭彦でも、難なくこなせそうだった。

おそらく正常位だったら、こうはいかなかったであろう。覚束ない腰づかいで、年上女性を苦笑させせたかもしれない。

そうとわかっていて、みのりはバックスタイルを求めたわけではあるまい。この場では、他に交わりようがなかったからだろう。

調子づいた昭彦は、下腹を景気よくパンパンとぶつけた。その度にふっくらした丸みに波が生じ、セックスをしている実感が湧く。

「あん、あん、あん、あん」

人妻教師の甲高い喘ぎ声にも、全身が熱くなった。

(ああ、気持ちいい)

夢中になって快感を追い求める昭彦は、さっきフェラチオで果てそうになったことを忘れていた。インターバルを置いて落ち着いたものの、性感曲線は再び限界に迫っていたのである。

(あ、ヤバい)

頂上が近づいたのを悟り、ピストンを停止する。

「ハッ、ふはっ」

荒い息をついていると、

「ちょっと、どうしたの？」

みのりが不満をあらわに振り返った。

「すみません。イキそうだったので」

正直に伝えると、彼女が眉をひそめる。

「早すぎない？」

「すみません……」

「ま、若いから仕方ないわね」

優しいはずの女教師が、いつしか傲慢な言葉遣いになっていた。肉体が疼くあまり、欲望本位になっていると見える。

「でも、なるべく我慢して。あと、中には絶対に出さないで」

「わかりました」

昭彦は深呼吸をし、抽送（ちゅうそう）を再開させた。さすがに勢いよく動くわけにはいかず、スロースタートであった。

「ううん」

みのりが焦れったげに呻く。しかし、急（せ）かして早く終わられては元も子もないと、堪えているようだ。

程なく、ゆっくりした出し挿れでも喘ぎ始めた。

「うあ、は……うふぅうウン」

たわわな熟れ尻を揺すり、尻割れを幾度もすぼめる。膣の締めつけが強まり、柔ヒダが物欲しげに蠢いた。

(うう、気持ちいい)

ねっとりとまといつく蜜穴で、悦びが高まる。昭彦は懸命に上昇を抑えねばならなかった。

逆ハート型のヒップの切れ込みに、濡れた肉色の分身が見え隠れする。そこには白く泡立った淫汁がまといついていた。

卑猥すぎる光景にも情感を煽られる。ぬちゅッと卑猥な粘つきを立てるそこから、甘酸っぱいケモノ臭がたち昇った。

(こんなの、いやらしすぎる)

五感を淫ら色に染められて、いよいよ限界が迫ってくる。

「ああっ、あ、いい、感じる」

スローなセックスでも、みのりは快感にひたっている。だが、絶頂まで遠いのは明らかだ。

(とにかく頑張れ)

自らを励まし、ピストンのリズムをキープする。速度を落としたら、せっかく上昇した女体の悦楽曲線が下降する恐れがあった。

もっとも、刺激を受け続けるペニスは、終末に向かって上昇する。狭い穴で雄々しく脈打ち、くびれの段差を際立たせる。

ニュルっ、ぢゅちゅ――。

掘り起こされる膣ヒダが、猥雑な音を立てる。その度に鋭い快美が背すじを走り、腰づかいが乱れた。

(ああ、本当にヤバい)

秒単位で高まるのを自覚して、いよいよ切羽詰まってくる。ペニスだけでなく、からだのあちこちがビクッ、ビクンと痙攣した。

「あ、あ、イキそう」

みのりがいよいよオルガスムスに向かう。その声で安心したのがまずかったのか、忍耐の箍がはずれてしまった。

「ああ、す、すみません。出ます」

歓喜の震えがからだの隅々まで行き渡る。限界だ。

「むっ、うっ、うああ」

ぎくしゃくとした腰づかいで女芯を穿（うが）つ。そのまま奥に放ちたいという熱望をどうにか押し退（の）け、しゃくり上げる硬筒を引き抜いた。

びゅるんッ——。

白濁の固まりが糸を引いて放たれる。それは艶めく尻肌にぶつかって、ピチャッとはじけた。

「うう、う、むふぅ」

白い濁りをまとう分身を握り、ヌルヌルとしごく。太い鼻息と呻きをこぼしながら、昭彦は次々とザーメンをほとばしらせた。蕩ける悦びにどっぷりとひたって。

（ああ、よすぎる）

自分の手で出しているのに、普段のオナニーとは比べものにならない。射精をずっと我慢したぶん、快感も大きいのか。

最後の雫が鈴口から溢れ、ようやく気持ちが落ち着く。だが、脱力感が著しく、荒ぶる呼吸がなかなかおとなしくならなかった。

「ハッ、はあ、はふ」

今にも崩れ落ちそうな膝を、どうにかキープする。徐々に力を失う分身を、浅ましくしごきながら。

目の前の豊臀は、そこかしこに精液がかかっていた。青くさい匂いがむせ返るほどに漂い、それも物憂さを募らせる。

と、みのりが恨めしげにこちらを振り返った。

「もうちょっとでイケたのに……」

明らかに不満そうな目つき。ほころんだ恥唇からは、白くなった蜜汁が糸を引いて滴っている。あたかも中出しをされたかのごとくに。

昭彦はひたすら情けなく、無言で唇を嚙み締めた。

2

テントに入っているように言われ、昭彦は素直に従った。萎えたペニスをあらわにした、みっともない恰好のまま。

キャンプは中学時代に、学校行事で一度だけ経験がある。そのときのテントは使い古されたもので、汗くさいような匂いが染みついていた。あまりいい思い出はない。

みのりのテントは新品でこそなくても、手入れが行き届いているようだ。シミも汚れもなく、嫌な匂いもない。

むしろ、ほんのり甘い香りがして好感が持てる。

おまけに、床もけっこう柔らかだった。下に何か敷いていると見え、寝心地も好さそうだ。

中学のときに泊まったテントは、すのこの上にシートを敷いただけだった。硬くてよく眠れなかったのを憶えている。

（テントも進化しているんだな）

若い女性のあいだにも、ソロキャンプが流行しているらしい。装備品がよくなっているのなら、挑戦するハードルも低いだろう。

食事もけっこういいものを食べているのかなと考えていると、みのりが戻ってきた。同じように下半身すっぽんぽんで。

肉づきのいい太腿や、女らしく張り出した腰回り。それらに劣情を煽られたのは確かながら、聖職者たる女教師がエロチックな恰好をしていることにそそられる。

ヒクン――。

牡器官がわずかに反応する。多少は海綿体に血液が戻ったようだが、即座に復活することはなかった。

「ちょっとずれて」

言われて、昭彦は奥側に尻をずらした。

テントはひとり用だから、ふたりだとやはり狭い。身動きがとれないわけではないものの、互いの息づかいや体臭をダイレクトに感じる。

みのりは濡れタオルを手にしていた。濡れた陰部や、ザーメンで汚れたヒップを、湧き水のところで清めてきたらしい。

剝き身の下半身は、清涼なかぐわしさをまとう。彼女の素の香りではなかろうか。一方、着衣の上半身は、甘酸っぱい汗のフレグランスが強かった。

「ここに寝て」

言われて、身を横たえる。床は男でもからだを伸ばせる広さがあった。

「ひ――」

思わず声を洩らしたのは、冷たいタオルを敏感なところに当てられたからだ。

汗と淫液で湿る股間を、みのりが拭いてくれる。太腿の付け根や玉袋の後ろ、ペニスのくびれまで丁寧に。

「ううう」

敏感なところをこすられて、くすぐったい快さにからだがブルッと震える。

（ああ、そんなところまで……）

彼女は指にタオルを巻きつけると、尻の谷にも差し入れて清めた。

献身的な奉仕は、いかにも人妻というふう。表情にも慈愛が溢れているかに映る。

（旦那さんにも、こんなふうに尽くしてあげてるのかな）

さっきは欲望にまみれていたためか、言動が荒々しかった。今は落ち着いたらしく、いつもの優しい女教師に戻っている。

おかげで安心して身を任せられたものの、ソックスを脱がされ、爪先まで丹念に拭われたものだから、申し訳なくなる。

「そ、そこはいいですよ」

遠慮したものの、みのりが手にした足を鼻先に近づけ、

「だけど、ちょっとくさいわよ」

などと言われては拒めない。自分のテントに、汚れた足で入られたくないのだろう。

彼女のほうも裸足になっていたから、湧き水で足も洗ったのではないか。

昭彦の下半身を清め終わると、みのりは「待っててね」と声をかけ、また外に出た。

タオルを洗いに行ったらしい。

ひとり残された昭彦は、横になったまま考えた。

(……あれで終わりじゃないんだよな)

彼女は絶頂しなかったから、ここで続きをするつもりではないのか。もしもオナニーで満足するつもりなら、わざわざ男のからだを清めたりしまい。さっさと帰らせるはずだ。

ということは、このあと甘美な展開が待ち受けていることになる。

期待がふくらみ、ペニスもふくらむ。あの心地よい柔穴に、また挿入できるのだと考えるだけで、尻の穴がムズムズした。

そのため、みのりが戻ってきたときには、秘茎が五割ほど復活していた。

「あら?」

テントに入り、シンボルの変化を認めると、人妻が目を瞠る。続いて、口許をほころばせた。

「何を考えてるの?」

含み笑いで言い、思わせぶりな目で睨んでくる。昭彦は首を縮めた。

その件はそこまで。みのりはタオルを下に置くと、袖なしのジャケットを脱いだ。

それから、中に着ていた厚手のシャツも。

（え……）

茫然と見あげる昭彦の前で、柔肌があらわになる。彼女はインナーも頭から抜くと、一糸まとわぬ姿になった。

密かに想像していたとおり、乳房もボリュームがあった。淡いワイン色の乳暈も大きめで、中心の突起も存在感がある。夫にさんざん吸われたせいなのかと、想像せずにいられない。

甘ったるい女くささがテント内に満ちる。それが新たな劣情を呼び込み、股間の分身がさらに膨張した。

「ふう」

さっぱりした顔つきでひと息つき、みのりが再び濡れタオルを手にする。今度は自らの上半身を拭い清めた。汗が滲みやすい首筋や乳房の下側、それから腋の下を。

（あ——）

昭彦は発見した。人妻の腋窩に萌える叢を。ノースリーブを着てそこがあらわにならない限り、剃らない主義なのか。

アヌス周りの毛にも匹敵するエロティシズムを感じ、からだが熱くなる。成熟した大人の女性だからこそ色っぽくて、こんなにも胸が高鳴るのだ。

腋毛を見られたことに、みのりも気がついたようである。昭彦を見て、ちょっとだけ口角を持ちあげた。

けれど、恥ずかしがることもなく、からだを拭き終える。タオルを置くと、艶っぽい目で見つめてきた。

「おチンポ、大きくなっちゃったね」

その部分を目で確認するまでもなく、脈打ち具合から昭彦もわかった。今や完全に復活していた。

「じゃ、またしようね」

彼女はそう言って、からだを重ねてきた。

チュッ——。

さっきみたいに貪るのではなく、優しいキスをされる。唇をこすり合わせられ、ぷにぷにした感触にうっとりした。

「むぅ」

全身に甘美な震えが生じる。しなやかな指が肉根に巻きついたのだ。続いて、舌がヌルリと入り込んできた。

くちづけを交わしながら、ペニスも愛撫される。しかも、ふたりとも全裸で抱き合っているのだ。肌のなめらかさと温みにも、豊かな心持ちにさせられる。

(こういうのが、本当のセックスなのかも)

ただ性器を繋げればいいというものではない。肌を重ね、身も心も溶け合わせるのが、男女の営みと呼べるものなのだ。

そのことを、昭彦はふたり目にしてようやく悟った。

自分も彼女を感じさせたいと、ふたりのあいだに入れた手で乳房を包む。スライムのような軟らかさに感動を覚えた。

(これが女性のおっぱいなのか)

芽衣子との行為では着衣だったこともあり、上半身に触れなかった。母親を除けば、人生で初めて味わうナマ乳房の感触である。

「んふ」

乳肉をやわやわと揉むと、みのりが鼻息をこぼす。感じているのだろうか。試みに乳頭を指で摘まむと、裸身がピクンとわなないた。

唇が離れる。人妻教師が濡れた目で見つめてきた。

「おっぱい吸いたい？」

求めたわけでもないのに訊いてくる。もしかしたら、彼女自身がそうされたいのかもしれない。

「はい」

返事をすると、添い寝したかたちでからだの位置をずらす。昭彦の顔の上に乳房を移動させ、突起を含ませてくれた。

「ああっ」

グミみたいな感触のそれを吸うと、即座に反応がある。かなり敏感らしい。

(女のひとって、赤ちゃんにおっぱいを吸わせるときも感じるんだろうか)

そんなことを考えながら、チュパチュパと遠慮なく味わう。わずかながら、肌の甘みが感じられた。

「もう……赤ちゃんみたい」

甘い声でなじり、みのりが再び勃起を握る。乳首を吸われながら、ゆるゆるとしごいてくれた。

(あ、これって)

アダルトコミックで見たことのある授乳手コキ。それを自分がされているのである。

真面目な教師である彼女が、そういう類いの漫画を読んでいるとは思えない。年下の男のために、よかれと思ってしているだけなのだろう。

それでも、かなりそそられるシチュエーションであることに変わりはない。

ふくらんで硬くなった乳突起を、昭彦は舌を使って転がした。

「くうう、き、気持ちいい」

みのりが喘ぐ。さらに、彼女に密着している側の手を動かし、秘め園をまさぐった。

両腿がぴったり閉じられていたが、隙間に指を侵入させる。

「あ、あっ、いやぁ」

拒むような言葉を口にしつつも、太腿の締めつけが緩む。さわってほしかったのだ。

湿った秘毛の奥側、ビラビラした花弁の狭間は、温かい蜜が溜まっていた。さっき、湧き水で清めたはずなのに、もうこんなに濡れているなんて。

(ああ、こんなに)

抱き合って愛撫を交わし、昂奮したのは間違いない。しかし、さっきの肉体の火照りが、完全におさまっていなかったのではないか。

いや、むしろしつこく燻っていたために、昭彦をテントに迎えたのかもしれない。

オナニーでは満足できないと悟って。

もう一度交われば、今度は長く持たせられるだろう。だからと言って、人妻を満足させられる保証はない。また昇りつめる前に果ててしまう恐れもあった。

ならば、他の方法で絶頂に導くべきである。

昭彦は乳頭から口をはずすと、みのりと抱擁した。唇を交わし、しっとりした柔肌を撫でる。

「んぅ」

彼女も陶酔したふうに息をこぼす。男と抱き合って、官能的な気分を高めているのが窺えた。

もはや年上も年下も関係ない。それから、彼女が結婚していることも。

昭彦は手をふたりのあいだに入れた。中心をまさぐればいっそう熱く、しとどになっている。

「うっ、むふふぅ」

恥割れをこすっただけで、熟れ腰がビクビクとわななく。かなり敏感になっているようだ。

「ふはぁ」

息が続かなくなったか、みのりがくちづけをほどいて大きく息をついた。

「河本先生のここ、見たい」

望みを伝えると、上気した面持ちがわずかに歪む。

「こんなときに、先生なんて呼ばないで」

聖職者であることを忘れ、ひとりの女として快楽行為に没頭したいらしい。

「えと……みのりさん」

苗字だと余所余所しい気がして、下の名前で呼ぶ。すると、彼女が嬉しそうに白い歯をこぼした。

それから、ふと首をかしげて訊ねる。

「亀山さんの名前ってなに？」

普段から苗字で呼ばれていたから、知らなかったようだ。

「昭彦です」

「昭彦さん……いい名前ね」

みのりの手も、牡の性器を握る。

「すごく硬いわ」

指の輪を根元からくびれまですべらせ、目元を朱に染めた。

「ね、オマンコ見たいの？」

目の前で禁断の四文字を口にされ、心臓が大きな音を立てる。

「は、はい」

「だったら、いっしょに見せ合いっこ——ううん、舐めっこしましょ」

淫らすぎる提案に、昭彦は前のめりでうなずいた。

(舐めっこ……シックスナインだよな)

互いの性器をねぶり合う、前戯の中でも究極にいやらしい交歓だ。これも昭彦が是非とも体験したかったことのひとつである。

みのりが身を起こす。仰向けの昭彦の上で、逆向きになろうとしたところで、

「あん、恥ずかしい」

自ら誘った行為なのに、彼女がためらいを示す。秘苑ばかりか、アヌスまで至近距離で見られるのだ。羞恥を覚えるのは当然である。

それでも、快感を求める気持ちには勝てなかったらしい。

「あ、あんまり見ないで」

などと、受け入れられるはずもない願いを口にして、男の胸を膝立ちで跨いだ。

(おお、すごい)

重たげなヒップが顔に迫る。今にも落っこちてきそうだ。バックスタイルで交わったときよりも、距離が近いぶんずっと巨大に見えた。

テントの中は外よりも薄暗く、下から見あげるためにその部分は影になっている。

それでも目を凝らし、昭彦は神秘の佇まいをつぶさに観察した。

濡れた縮れ毛が張りつくそこは、縁どりの色濃い花弁がハート型に開いている。その狭間は赤っぽいピンク色で、透明な愛液が今にも滴りそうであった。

（これがみのり先生のオマンコ——）

先生と呼ぶなと言われたが、教師であると認識したほうがより昂奮する。自分は彼女の生徒ではないけれど、秘密の性教育を実践されているような、イケナイ気分にひたれるのだ。

漂うのは肌の甘い香りと、ほんのり生々しい女陰臭。昂って情欲の蜜をたっぷりこぼしたことで、本来のかぐわしさを取り戻したらしい。

「くぅ」

屹立に絡んだ指が上下し、昭彦は呻いた。ならばこちらもと、もっちりヒップを両手で摑んで引き寄せる。

「キャッ」

悲鳴に続き、柔らかな重みが顔面にのしかかった。

「むぷっ」

口許をヌメったもので塞がれ、反射的に抗う。けれど、濃密さを増したパフュームに、瞬時に陶然となった。

(ああ……)

臀部の弾力と、肌のなめらかさもたまらない。窒息してもいいから、もっと重みをかけてもらいたくなる。

昭彦はフガフガと鼻を鳴らし、恥肉の裂け目を荒々しく舐め回した。

「ああ、あ、いやぁああ」

みのりが切なげによがり、陰部をせわしなくすぼめる。奥から新たな泉がじゅわりと湧き出した。

それを舌に絡め取り、敏感な肉芽を探索する。

「あ、あ、そこぉ」

熟れ腰がビクンと跳ねる。目当てのものを探り当てたのだ。

昭彦は豊臀を両手でがっちり固定すると、一点集中で秘核を吸いねぶった。

「あひッ、ひっ、いいいい」

よがる人妻教師は、少しもじっとしていない。膝から下をジタバタさせ、屹立の根元に顔を埋める。無意識になのか、鼠蹊部から陰嚢にかけて、何度もキスを浴びせた。

「ううう、あ、あ、昭彦くぅん」

名前を呼び、硬い棹をしごく。舐めっこと提案しながらペニスに口をつけないのは、余裕をなくしているからだろう。

昭彦にはそのほうがよかった。かなり昂奮していたし、これでフェラチオまでされたら、またも危うくなる恐れがある。

(みのり先生をイカせてあげなくっちゃ)

その思いだけで、口淫奉仕に精を出す。

ぢゅぢゅぢゅぢゅ——。

音を立てて淫蜜をすすると、彼女が「いやぁ」と嘆く。そのくせ、もっととせがむみたいに、アヌスをヒクヒクさせるのだ。

芽衣子にしたように、女教師の秘肛も舐めたかった。思いとどまったのは、みのりが怒ると思ったからだ。

食事の前には手を洗いなさいなど、清潔を保つ行動を奨励するのが学校の先生である。さっきも自身のからだばかりか、昭彦の陰部や足まで清めたのだ。

もしも排泄器官に口をつけようものなら、アルコール消毒を求められるかもしれない。最悪、そんな不潔な人間とはセックスできないと、テントを追い出される可能性もあった。

そのため、愛らしいツボミは目で愉しむだけで、指も舌も出さなかった。

「ああ、あ、い、イキそう」

成熟した女体が頂上への道筋を捉える。感覚を逸らさぬよう、昭彦は舌を一時も休めなかった。

その甲斐あって、みのりがオルガスムスを迎える。

「あ、あ、イクッ、イクッ、イクイクイク」

裸体をガクンガクンとはずませて、歓喜の波に巻かれる女教師。学校で目にする、優しくて真面目な先生とのギャップが著しい。

(本当にみのり先生なのか?)

自分が絶頂させたのに、昭彦には別世界の出来事のように感じられた。

3

脱力したあと、みのりは昭彦に身を重ねたまま、しばらく動けなかった。牡の性器の根元でハァハァと荒い息を吐き、陰嚢を温かく蒸らす。

(おれ、本当にみのり先生をイカせたんだな……)

実感があとから湧いてくる。

安堵と満足感で、昭彦はいくらか冷静になっていた。欲望は未だ燻り続けていたものの、切羽詰まった感じはない。

ただ、イチモツは力を漲らせたまま、彼女の顔のそばで脈打っていた。

ようやく虚脱感から抜け出せたようで、みのりがのそのそと動く。昭彦の上から離れ、隣に寝転がった。

「ふう」

ひと息ついて、両腕で顔を隠す。今さら照れくさくなったのかもしれない。

昭彦は半身を起こし、そんな彼女を見おろした。

晒されたナマ白い腋窩には、さっきも目にした叢と、汗の細かなきらめきがある。添い寝して、気づかれないように素早く嗅ぐと、甘ったるい香りがした。

女性の腋毛など、目にする機会はほとんどない。魅力的な人妻教師のものだけに、色っぽさは格別だった。

(本当に、普段から生やしっぱなしにしてるのかもな)

仮に自分が中学生であっても、綺麗な女の先生の腋に毛を発見したら、かなり昂奮するだろう。彼女が教える生徒たちの中にも、気がついて胸を高鳴らせた者がいたかもしれない。

腋毛以外にも、スカートでしゃがんだときのパンチラとか、ジャージに浮かぶ下着のラインとかに、目を惹かれる男子生徒がいそうである。結婚していても、みのりは先生たちの中で一番魅力的であり、人気があった。

そういう女性と素っ裸で抱き合い、愛撫を交わしたのだ。十代の男子は年上に憧れがちだし、彼女に恋した生徒たちは羨(うらや)ましがるはず。

優越感も覚えつつ、昭彦はワインカラーの乳首を悪戯した。摘まんで転がすと、胸元がピクンと波打つ。

「はン……」

悩ましげな喘ぎ声。顔を隠す手を、まだはずさない。

ならばと、もう一方には口をつけ、舌でチロチロとくすぐった。

「あう、ううン」

洩れ聞こえる声が大きくなる。

横目で見ると、腰が左右にくねっていた。両膝もすり合わされ、切なさをあらわにする。

クンニリングスで昇りつめたあとである。おとなしい刺激だから、快さがジワジワと増しているのではないか。

両方の乳首がツンと硬くなると、みのりは顔の腕をはずした。

「もう……エッチなんだから」

甘える目で睨んでくるのが愛おしい。

「みのりさんと、もっとエッチなことがしたい」

望みを口にして、彼女の上にからだを重ねる。脈打つ強ばりを、むっちりした太腿にこすりつけた。

「ほら、こんなになってるんだから」

「わかってるわよ」

やれやれという顔を見せつつも、赤らんだ頬が艶っぽい。

「オマンコに挿れたいんでしょ」

「うん」

「今度は、ちゃんと我慢するのよ」

生徒を諭すような口振りで命じ、ふたりのあいだに手を入れる。昭彦が腰の位置を調整すると、猛るものを握ってくれた。

「すごく元気」

頬を淫蕩に緩ませ、入るべきところに導く。両膝を立てて開き、迎え入れる体勢になった。

　正常位での交わりは、昭彦は初めてだ。

　芽衣子との初体験も向かい合ってだったけれど、立ってするのとは異なる。こっちのほうが、動くのが難しそうだ。

（みのり先生を満足させられるんだろうか）

　自信はなかったが、ここまで来たらやるしかない。

　みのりは肉槍の穂先を恥割れにこすりつけ、自ら潤滑した。亀頭に蜜汁をたっぷりまぶしたところで、筒肉に回した指をはずす。

「いいわよ。来て」

　許可を得て、昭彦は進んだ。外でも交わった深い濡れ穴に、分身を送り込む。

「あ——あふ」

　女教師の眉間にシワが寄る。狭いところを圧し広げられ、悩ましい感覚が募っているのか。抵抗もわずかながらあった。

　それでも、一度迎え入れたのである。徐々に開いた入り口が、丸い頭部をぬるんと呑み込んだ。

「あはぁ」

みのりがのけ反り、白い喉を見せて身を震わせる。

昭彦はさらに進んだ。残り部分を蜜穴にヌルヌルと押し込む。ふたりの下腹が重なるまで。

「ふう」

ひとつになって息をつく。濡れヒダが分身にまといつき、細かく蠢いているようだ。

(入った——)

二度目の挿入なのに、感動は変わらない。むしろ、より大きくなっている心地がする。全裸でしっかりと抱き合っているからなのか。

「あん、おチンポ硬い」

涙ぐんで言い、みのりがしなやかに身をくねらせる。それから、

「久しぶりだから、すごく感じちゃう」

照れくさそうに告白した。

夫と離れて夜の生活がままならず、性的な不満が高じていたのか。だとしても、それだけが理由で年下の男を求めたとは思えない。

(やっぱり、何らかの力が働いていそうなんだよな)

芽衣子のときと同じく、人妻も突然発情したのだ、湧き水を飲んでおかしくなったと彼女は言ったが、あの大木を見たせいだと言えなくもない。

何にせよ、オメ山そのものに秘められたパワーがありそうだ。

「ね、動いて。いっぱい感じさせて」

一途なおねだりに「はい」と答え、昭彦は腰を前後に動かした。

バックスタイルと異なり、結合部を目で確認することができない。そのため、あまり後退したら抜けそうな気がして、最初のストロークはかなり短かった。

それでも、次第にコツが摑めてくる。

(こんな感じかな)

退き加減がわかり、挿れるときの角度も調節できるようになる。余裕ができると内部の粒立ち具合や、それらがくびれに掘り起こされるのまでわかった。

何より、柔らかな女体と密着しているから、悦びもいっそう深まる心地がする。

(ああ、気持ちいい)

後ろから挿入したのもよかったが、今のほうが女性との一体感を味わえる。愛しさもふくれあがり、くちづけを交わさずにいられなかった。

「むふぅ」

みのりも歓迎するように小鼻をふくらませ、舌も与えてくれる。深く絡ませ、甘い唾液も味わうことで、全身が熱くなった。

おかげで、腰づかいにいっそう熱が入る。

「んっ、んっ、ん――」

声にならない呻きをこぼし、蜜壺を一心に抉る。そこからぴちゅくちゅと、粘っこい水音がこぼれた。

(ああ、みのり先生とセックスしてる……こんなにエロいキスもしてる)

校内で顔を合わせたときに、これまで通りに振る舞えるだろうか。今のこれを思い出して、勃起せずにいられない気がした。

女教師が両脚を掲げ、腰に絡みつけてくる。陰部が上向きになり、昭彦も腰を振る角度を変えねばならなくなった。

(あ、もしかして)

こうされたいのかもと、真上から叩きつけるようなピストンを繰り出す。

「むぅううう―っ!」

女体が暴れる。苦しいのではなく、快感が高まったからなのだ。

「ぷは――」

みのりがくちづけをほどく。

「あ、ああっ、ふ、深いー」

あられもなくよがり、牡と繋がった腰を左右にくねらせた。もっと奥まで攻めてとせがむみたいに。

無言のリクエストに応じて、熟れた下半身をプレスする。パッパッと湿った音が大きく響いた。

「あおっ、おっ、おおぅ」

みのりの喘ぎ声が低くなる。より深いところで感じているふうに。

「ぐぅうう、こ、これ、いいッ」

こうして激しく攻められるのがお気に入りのようだ。息づかいもハッハッと荒く、瞼を閉じた表情が蕩けている。

(こんなにいやらしいカラダをしてるのに、よく旦那さんと離れていられるよな)

普段はオナニーで発散しているに違いない。湧き水を飲んでアソコが濡れ濡れになったあとも、昭彦を追い返して自分で慰めようとしていたぐらいなのだから。

もしかしたら、ソロキャンプのときはいつも自慰に耽っているのではないか。山の中なら遠慮なく声を出せるだろう。バッグの中にはバイブやローターといった、その手の器具を隠していたりして。

などと、人妻のプライベートを想像しながら、腰を勢いよく打ちつける。アヌス付近に陰嚢が当たり、跳ね返るのが妙に快い。

(これって餅つきみたいだ)

ぷりぷりの尻肉は、それこそ餅の弾力と柔らかさを兼ね備えていた。そう言えば、ぶつかり合う陰部が立てる音も、餅をつくときと似ている。

ぺったん、ぺったん……。

テントが揺れるほどのピストンに、みのりは「おおっ、おほぉ」と低い喘ぎを喉から絞り出した。もはや聖職者の威厳はなく、快楽に溺れる一匹の牝である。

昭彦はふんふんと鼻息をこぼしながら、熟れた女体に挑み続けた。とにかく彼女を絶頂させなければと、そのことだけに心を傾けていたから、

「おふっ、ううう、い、イキそう」

差し迫った声を耳にしたときも、まだ余裕があった。

(よし、このまま——)

抜き差しのリズムを崩さず、挿入角度だけを変える。より快いポイントを穂先で突くために。

にして。

「ああ、そこそこぉ」

嬌声のトーンが上がる。お気に入りの角度を見つけられたのだ。

(よし、ここだな)

膣内の下腹側を狙って抽送する。ヒダの感触が少ないところを、亀頭でこするよう
にして。

「あおッ、おっ、おおおお、い、イク」

みのりが裸身をギュッと縮める。それは歓喜の爆発を前にした準備のようであった。

「う、ううう、イッちゃう、イッちゃう。あ、あ、ダメぇぇえええっ!」

盛大なアクメ声を張りあげ、女教師は昇りつめた。上に乗った昭彦を撥ね飛ばさん
ばかりに、裸身を暴れさせて。

「おほっ、ほっ、お——おふぅ」

太い呼吸を続けたあとで、沈み込むみたいに脱力する。

ぐったりして手足を投げ出した彼女から、昭彦はそっと身を剝がした。いつまでも
乗っていたら重いだろうと気を遣ったのだ。

添い寝して、半開きの唇から息をこぼすみのりを、じっと見つめる。

(可愛いな)

年上だし、教師もしているのに、これまで抱いていた畏れ多い感じは消えている。対等の男女になれたのだと思った。

眠ったみたいに瞼を閉じているのをいいことに、ツンと突き立った乳首を摘まむ。

「んぅ」

くすぐったそうに眉をひそめるのも愛らしい。

さらに、毛が少し見えている腋に鼻を寄せ、ぬるい匂いを嗅いだ。果実みたいに甘酸っぱかった。

しばらくして、みのりが瞼を開く。オルガスムスの余韻が続いているのか、まだ目がトロンとしていた。

「……すごく気持ちよかった」

独り言みたいにつぶやき、右手を自分の股間に差しのべる。濡れたところをまさぐり、「あん」と小さな声を洩らした。

「出さなかったのね」

精液のことだと、すぐにわかった。

「はい。さっき駄目だって言われたから」

「ちゃんと守ってくれたんだ。いい子ね」

それこそ教え子に向けるような優しい目をされて、気恥ずかしくなる。

彼女は右手を股間からはずすと、今度は昭彦のシンボルを握った。ふたりぶんの淫液がまといついて、生乾きのモノを。

「こんなに硬い」

漲り具合を確かめ、濡れた目で見つめてくる。

「アレ、出したい?」

「あ、はい」

「それじゃ——」

みのりがからだを起こす。仰向けの昭彦の股間に、顔を近づけた。

「オマンコはダメだけど、お口に出させてあげる」

根元を手で支えて上向きにした若茎を、ためらうことなく口に含んだ。

(ああ、汚れてるのに)

舌をねっとりと絡みつかされ、申し訳なくてたまらない。けれど、彼女は少しも気にならない様子だ。自分の中にあったものだから平気なのか。

「ん——ンふっ」

小鼻をふくらませて、熱心に吸茎する。頭を上下させて摩擦するところは、口を膣に見立てているかのよう。まさにオーラルセックスだ。

「ああ、あ、みのりさん」

名前を呼ぶと、照れくさそうに舌鼓（したつづみ）を打つ。キュッと持ちあがった玉袋も、手で包み込むようにさすってくれた。

そこまで献身的な奉仕をされれば、長く堪えるのは不可能だ。

「み、みのりさん、イキそうです」

胸を上下させながら告げると、女教師が肉棒を咥えたままうなずく。舌を躍らせ、まといついた唾液をすすった。

（本当にいいんだろうか）

口内発射は芽衣子のときも経験したが、今は射精する前から罪悪感を覚える。青くさいザーメンを受け止めた口で、生徒たちにお説教をさせるのか。彼女につらい試練を与える気がしたのだ。

それでも、指と舌を総動員で刺激されたら、抗う気力が四散する。

「ああ、ほ、ほんとに出ます」

最後の予告でも口がはずされず、ちゅぱちゅぱと強く吸いたてられる。それにより、歓喜の震えが全身に行き渡った。

「あ、あっ、先生っ！」

最後の最後で、心の声が出てしまう。みのりも聞こえたはずだが、咎めることなく舌を回し、次々と放たれる牡の樹液をいなした。

「うあっ、あ、う」

からだのあちこちが、電気を浴びたみたいにわななく。身も心も蕩ける感覚の中、昭彦は最後の一滴まで気持ちよく射精した。

(……おれ、みのり先生の口に出しちゃったんだ)

オルガスムス後の気怠い余韻にひたりつつ、本当によかったのかと思わずにいられない。もちろん、今さら手遅れなのだが。

軟らかくなりかけた秘茎から、口がはずされる。間を置かずに、みのりが真上から顔を覗き込んできた。

「二回目なのに、すごく濃かったわ」

笑顔で睨まれて恐縮する。次の瞬間、重要なことに思い至った。

「あ、あの、おれの――飲んだんですか？」

「ええ」

彼女が涼しい顔で答える。

「あんなに感じさせてくれたのに、オマンコに出せなかったんだもの。せめて飲んであげなくちゃバチが当たるわ」

罰当たりなのはこちらだと、昭彦は胸の内で謝罪した。すると、

「昭彦君、イクときに『先生っ』て言ったでしょ。あれ、可愛くって、胸がきゅんとしちゃった」

そんなことを蒸し返され、顔が熱く火照った。

4

それはまさに、セックス三昧（ざんまい）の週末だったろう。結局、昭彦は家に帰らず、みのりのテントに泊まったのである。

夕食のあと、ふたりはまた抱き合った。深い満足にひたり、裸の下半身を絡みつかせて眠った。

翌朝も鳥のさえずりを聞きながら、朝勃（あさだ）ちのペニスをしとどになった蜜穴にねじ込んだ。女教師の喜悦の声が、朝の山中に響き渡った。

それから、汗にまみれたからだを拭くために、どちらも素っ裸になって湧き水のと

ころに行った。そこでもムラムラして、飽くことなく交わった。

合計で何回射精したのか、はっきりとは憶えていない。二日間で、六、七回はほとばしらせたのではないか。みのりを送って家に帰り着くなり、一気に疲れが出て夜まで眠ったほどだった。

(あんなにできたのは、山のおかげなんじゃないだろうか)

昭彦は考えずにいられなかった。オメ山は女性を淫らにさせるだけでなく、男の精力もパワーアップさせるのではないかと。

ともあれ、童貞喪失から日も浅いのに、ふたり目の女性と体験できたのだ。そればかりか、一夜を過ごして快楽に溺れたのである。さらに、年上の人妻を、セックスで絶頂させることもできた。

これで有頂天にならないほうがどうかしている。昭彦は希望をふくらませた。

(この調子なら、土岐田さんともきっとうまくいくぞ)

同級生の愛らしい面影が浮かぶ。

週明けの月曜日、昭彦はみのりに呼ばれて図書室へ行った。また蛍光灯が切れたので、取り替えてほしいと頼まれて。

それが単なる口実であることを、艶っぽい眼差しから察した。

（まさか、学校でいやらしいことをするつもりなんじゃ……）

昨日の今日である。さすがにそれはないかと思ったものの、

「わたし、一度学校でシテみたかったの」

大胆な告白に、現実感を見失いそうになる。光沢のあるブラウスに黒のロングスカートという、いかにも生真面目な女教師という装いだったから、尚さら信じ難かった。

一方で、背徳的な淫らさに背すじがゾクゾクしたのも事実。

山中での交わりで、彼女はかなり感じていた。何度も昇りつめたのは、短時間で自分の腰づかいが上達したからだと思っていた。

だが、場の影響も大きかったであろう。

周囲に誰もいなかったとは言え、ほぼ戸外のようなもの。実際、テントの外でもからだを繋げたのだ。

よって、これまでのセックスで味わえなかった解放感、そしてスリルが、快感をいっそう高めた可能性がある。だからこそ、さらなるスリルを求めて、校内での逢い引きを画策したのではないか。

今は、生徒たちは授業中である。図書室は校舎の端にあるから、少々の声や物音なら聞かれる心配はない。

みのりとて、校内であられもなくよがったりしないだろう。バレたらクビは確実なのだ。気づかれないよう注意するはず。

だとしても、そもそも行為に及ぶこと自体が危険であり、非常識と言える。それでもせずにいられないのは、オメ山でのひとときが忘れ難いからなのだ。

おまけに彼女は、思いも寄らないものまで持参していた。

「これ、わかる？」

みのりがそう言って見せたのは、小型の水筒だった。

「水筒ですよね。え、中身は？」

「あの湧き水よ」

得意げな顔に、そういうことかと理解する。

あのとき、みのりは湧き水を飲んでからおかしくなったと言った。からだが疼き、秘部がしとどになったと。

しかし、そればかりではなかったらしい。

「いやらしい気分になったのもそうなんだけど、感度も上がったのよ。ものすごく感じやすくなって、昭彦君にオマンコを舐められたり、おチンポを挿れられたりしたときも、いつもよりずっと気持ちよかったの」

さんざん聞かされた猥語も、学校の中で耳にするとより背徳的である。それはともかく、交歓でよがりまくったのも水の効果だったと、彼女は捉えているようだ。

（なんだ、おれの手柄じゃなかったのかよ）

昭彦は面白くなかったが、まだ男になって日が浅いのだ。そんなすぐに性技の達人になれるわけがない。

「だから、今日も、ね」

みのりが水筒に口をつけ、コクコクと喉を鳴らす。

「ふう」

ひと息ついて、水筒を脇に置いた。

「キスして……」

色っぽい目で見つめられ、胸が高鳴る。昭彦は吸い込まれるように彼女と抱擁し、唇を重ねた。

学校内での、女教師との逢瀬。しかも人妻ということで、いくつもの禁を犯しているのだ。

背徳感が著しく、キスだけで鳩尾のあたりがムズムズする。これでセックスまでしたら、どうなってしまうのだろう。

舌をねちっこく戯れさせ、かぐわしい吐息と甘い唾液にうっとりする。昭彦は朝から動き回っており、作業着は汗くさかったが、彼女はまったく気にならない様子だ。濃厚なくちづけを交わしながら、スカート越しにたわわな尻肉を揉み撫でる。しなやかに身をくねらせる女教師は、すでに気分が高まっているようだ。

と、思ったのであるが。

唇をはずすと、みのりの頬はほんのり上気していた。だが、目元に戸惑いが浮かんでいる。オメ山で秘部を濡らしたときとは明らかに違った。

「ヘンね……」

つぶやくように言って首をかしげ、彼女はスカートをたくし上げた。

むちむちした太腿があらわになる。すでにオールヌードを目にしているのに、校内でのチラリズムはやけに煽情的だ。息を呑まずにいられない。

スカートの内側に手が差し入れられる。自身の秘められたところをまさぐった女教師が、落胆をあらわにした。

「全然濡れてないわ」

「え？」

「ほら」

みのりは昭彦の手を取ると、スカートの奥へと導いた。

薄い布がガードする中心部分は、体温を写し取ったみたいに温かだった。わずかに蒸れた感じはあるけれど、あのときみたいに濡れていない。

（え、どうして？）

中心部分を指先でこすると、彼女が「やん」と声を洩らす。しかし、それも淫らな気分を催させることはなかった。

「ダメだわ。オマンコをいじられてもくすぐったいだけだもの」

やるせなさげに言い、年下の男の手を股間からはずさせる。みのりはスカートを下ろし、ため息をついた。

「なんか、そういう気分でもなくなっちゃったし、今日はやめておくわ」

顔つきも、憑き物でも落ちたみたいに素に戻っている。さっきまでの昂揚と艶気に満ちた振る舞いは何だったのか。

「ということは、この水のせいじゃなかったのかしら……」

つぶやいて首をかしげる彼女に、昭彦は苛立ちを募らせた。

（ていうか、誘ったのはみのり先生じゃないか）

その気にさせておきながら、突き放すなんてあんまりだ。

昭彦は勃起していた。抱擁とくちづけで昂り、股間の分身はギンギンにそそり立っている。ブリーフの裏地もカウパー腺液で湿っていた。

作業ズボンの前がテントを張っていることに、みのりも気がついた。さすがに責任を感じたらしい。

「ここに呼んだのはわたしなんだし、いちおうヌイてあげるわ」

国語の先生なのに、品のない言い回しで欲望の処理を買って出る。昭彦の前に膝をつき、ズボンのベルトを弛めた。

居たたまれない心境にさせられたのは、彼女が明らかに乗り気ではなかったからである。

ズボンとブリーフがまとめてずり下げられる。そそり立つ牡器官を目の当たりにするなり、みのりが顔をしかめた。

「ちょっとくさいわよ」

言われて、思わず恐縮したものの、

(仕方ないじゃないか)

胸の内で反論する。仕事中だったし、汗くさいのは当然だと。まあ、包皮の内側から放たれた、ペニスの海鮮臭も含まれていただろうが。

屹立を握ったときも、彼女は「ベタついてるわ」と眉をひそめた。あのときは少しも気にせず、むしろ濃厚な男くささを嬉々として嗅ぎ、洗っていないイチモツをしゃぶったのである。

なのに、どうしてこんなに変わったのか。

いや、今の姿が本来のもので、あのときは何らかの力が働いていたと見るべきだろう。そのせいで聖職者とは思えない、淫らそのものの女になったのだ。

（何にせよ、湧き水は関係ないってことなんだな）

時間を置いて効果が薄れたという解釈もできよう。だが、もともとそんな力はなかったと考えるほうが妥当な気がする。

（やっぱり、オメ山そのもののパワーが――）

そこまで考えたところで、女教師の手が動き出した。

「うう」

柔らかな手指の摩擦に、悦びがふくれあがる。昭彦は膝をカクカクと震わせた。

「気持ちいい？」

「はい、とても」

「イクときはちゃんと言ってね。顔にかけられたくないから」

どうやらこのまま手で射精させるつもりらしい。せめてフェラチオだけでもという望みは、あっ気なく消え失せた。

(ま、しょうがないか)

自分で処理するよりは、ずっとマシである。

滴る先走りが、上下する包皮に巻き込まれて泡立つ。クチュクチュと音を立てるのが気恥ずかしくも、昭彦はぐんぐん高まった。

第四章　山で女は牝になる

1

　時を経ても忘れられない光景というのは確かにある。昭彦にとって、それは少年時代の甘美な思い出だ。

　あれは小学校三年のときではなかったか。

　昭彦の家は村の奥側にある。そちらには民家が少ないため、学校からの帰り道は、いつもはだいたいひとりであった。二キロ近い距離をてくてく歩くのだ。

　けれど、その日は親戚の家に行かねばならないとかで、理緒と一緒になったのである。

　当時の昭彦は内気な少年というわけではなく、異性を意識する年頃でもなかった。

彼女とはお互いを下の名前で呼び合い、並んで歩きながらおしゃべりをした。普段は退屈で疲れるだけの通学路が、妙に楽しかった。

県道から脇に入り、山に向かう林道に入る。坂を少し入ったところで、理緒が不意にモジモジしだした。

「リオ、オシッコしたい」

そのとき、昭彦は深く考えもせず、「そこですれば」と、脇にあった木の陰を指差した。完全に隠れるのは無理ながら、少なくとも目立たない。昭彦も同じような場所で、よく立ち小便をした。

もっとも、同い年の少女が、本当に用を足すとは思っていなかった。女の子はおしりを出さないとできないし、さすがに我慢するだろうと考えていた。

ところが、よっぽど切羽詰まっていたらしい。彼女は指差した場所に足を進めると、穿いていた短パンをつるりと剝き下ろしたのだ。

昭彦はその場に固まった。

小学校に上がる前に、恥じらいの芽生えていない女の子たちがオシッコをするところを、何度か目にしたことがあった。けれど、学齢期に入ってからは初めてだ。

しかも、学年で一番可愛い子である。

恋こそ知らなくても、外見その他で異性に順位付けをすることは普通にあった。理緒はダントツのナンバーワンであり、そんな子とふたりで歩けるのを、内心得意がっていたのだ。

なのに、まさか放尿シーンまで目にするなんて。

彼女は昭彦にからだの横を向けていた。そのため、おしりの割れ目も、もっと秘めやかなところの佇まいも、まったく見えなかった。

それでも充分すぎるほど衝撃的な光景である。股間からほとばしる水流と、それが地面にぶつかる水音は、記憶にしっかりと刻みつけられた。

尿のしぶきが止む。おしりをプルッと振ってから、理緒が立ちあがった。パンツと短パンがまとめて引き上げられるまで、昭彦はまばたきも忘れて、少女の放尿シーンに見入っていた。

「エッチ」

こちらを向いた理緒が、悪戯っぽい目でなじる。頬が少し赤くなっており、今さらのように胸の鼓動が激しくなった。

やはり恥ずかしかったのだろう。彼女は突っ立ったままの少年を残して、さっさと歩き出した。昭彦はワンテンポ遅れてあとを追ったものの、もはや隣に並ぶことはできなかった。

目に入るのは、目の前でぷりぷりとはずむ短パンのヒップ。胸のドキドキがなかなかおさまらず、妙に歩きづらかった。

もしかしたら意識しないまま、勃起していたのかもしれない。

理緒の親戚の家は、昭彦の家よりも手前にあった。彼女はそちらに向かうときに振り返り、「バイバイ」と愛らしく手を振った。

昭彦は何も言えず、ただうなずくだけで精一杯だった――。


あの日から、自分は理緒が好きになったのかもしれない。のちに昭彦はそう考えた。きっかけはかなり不純ながら、常にいやらしい目で見ていたわけではない。彼女のすべてが好きだったのだ。

そんな理緒が、東京での仕事がうまくいかずに帰ってきたという噂を聞いた。しかも、真偽は定かでないものの、男にもフラれたというのだ。

大学生のときから東京で暮らし、もう二十四歳である。しかも、あんなにチャーミングな子だ。彼氏がいないほうがおかしい。

そうとわかりつつも、昭彦の胸はキリキリと痛んだ。

（土岐田さんは、もう男を知ってるんだな……）

自分がようやく脱童貞を済ませられたせいか、理緒がそれよりも早く体験していたなんて、単純に嫌だった。できれば彼女の初めての男になりたかったのに。

もっとも、東京と田舎で離れ離れだったのである。一度も積極的なアプローチをしなかったし、高校が別々になったあとは、ずっと想い続けていたわけではない。むしろ、再会するまで忘れていたぐらいだ。

要は近くに来てくれたから、恋心が再燃したということだ。

そもそも本当に理緒が好きならば、他の女性ふたりと立て続けに関係を持ったりしない。彼女に対する気持ちが真剣なのかどうか、昭彦にも自信がなかった。経験すれば彼女ともうまくできるはずなんて考えたのも、ただセックスがしたかったのを誤魔化しているだけではないのか。

（おれ、土岐田さんとどうなりたいんだろう）

結婚したいとは思っても、ひどく漠然としたものだ。是が非でもと、強く望んでいるとは言い難い。まだ若いから深刻に考えていないし、そもそも理緒にその気があるかどうかわからない。

まずは旧交を温めて、お互いのことをあれこれ話そう。気持ちを通じ合わせるのはそれからだ。

などと考えながら、週休の土曜日、昭彦はオメ山に向かっていた。本当にパワースポットなのかどうか、山の秘密を明らかにするために。

理緒と旧交を温めたいのなら、連絡を取り、会う約束を取り付けるべきだ。そんなことは百も承知でも、東京でつらいことがあったという噂を聞いた今は、行動に移しづらい。少し前に会ったときの暗い表情を思い返すと、連絡することさえためらわれた。

そんなのはただの言い訳で、実は肝腎なことから逃げているだけではないのか。自省の思いを嚙み締めつつ、オメ山のふもとに到着する。

(あれ?)

ドキッとした。山の入り口付近に立つ人物を認めたのである。

車の音に気がついて振り返ったのは、車中で思いを馳せていた土岐田理緒そのひとであった。

「え、亀山君?」

車を降りると、彼女も驚いた顔を見せる。

「土岐田さん、どうしてここに?」

訊ねると、理緒は少し気まずげに目を伏せた。

「ヒマだから、歩き回って村のあちこちを見ているの。気分転換にもなるし」

彼女は七分丈の白いパンツとTシャツに、薄いカーディガンを羽織った軽装である。足元もスニーカーで、なるほど動きやすそうな恰好だ。もうだいぶ歩き回っているのではなかろうか。

すると、彼女が弁解するみたいに言う。

「家にいると、親があれこれうるさくって」

Uターンしてこちらで暮らすつもりなら、家族はむしろ歓迎するはず。親がうるさいというのが事実であるのなら、納得し難い理由で帰ってきたせいだろう。

（そうすると、やっぱり仕事がうまくいかなくて――）

いや、それだけなら、大変だったなとねぎらうのではないか。男も絡んでいるからこそ、家族も素直な気持ちで迎えられないのかもしれない。

そんな疑念が顔に出たのだろうか。理緒がじっと見つめてくる。

「な、なに？」

「……亀山君も聞いてるんでしょ。わたしのウワサ」

「噂って？」

「男にフラれて、仕事もうまくいかなくて、都落ちしたって話」

自虐的な返答に、昭彦は何も言えなくなった。それにより、知っていることがバレてしまう。

「やっぱりね」

やれやれとため息をつかれ、反射的に「ごめん」と謝る。すると、彼女がかぶりを振った。

「亀山君は何も悪くないわよ。ほぼ事実みたいなものなんだもの。そもそも、こっちに帰ってきたときから覚悟はしてたわ。どうせすぐに広まっちゃうんだろうって。田舎はウワサ話が好きだから」

それは確かにそのとおりでも、自分も噂話の輪に加わってしまったことが、昭彦は何だか悔しかった。

(土岐田さん、いろいろあって傷ついたんだよな)

傷心して帰郷したのに、家族にも歓迎されないなんて。居場所がないも同然ではないか。

よって、歩き回って時間を潰すというのもうなずける。

「ていうか、亀山君はどうしてここに?」

　理緒が小首をかしげる。愛らしいしぐさにときめきつつ、昭彦は自分の所有である山の見回りに来たと告げた。

「え、オメ山って、亀山君のものなの？」

「もともとは祖父ちゃんが所有してたんだけど、おれが受け継いだんだ」

「へえ」

「土岐田さんは、オメ山を知ってたの？」

　彼女の住む集落からは、だいぶ遠いのである。

「親戚がこっちにいるから、話は聞いてたの。山菜が採れるって」

　答えてから、何かを思い出したみたいに「あっ」と声を洩らした。

「そう言えば、小学校のとき、一度だけいっしょに帰ったことがあったよね。わたしが親戚の家へ行くからって」

　もちろん憶えているが、昭彦は「そうだっけ？」ととぼけた。放尿シーンを最後まで見た後ろめたさがあったし、そのことを蒸し返されたくなかったのだ。

「うん、あったよ。だってあのとき――」

　言いかけて、理緒が「ま、いいわ」と話を中断する。もしかしたら、彼女も異性の前ではしたない姿を晒したのを憶えているのか。

「だったら、オメ山を案内してくれない？　入ってみようと思ったら、立入禁止って書いてあったから」

「べつに気にしなくてもいいのに。村外から来て、勝手に山菜を採る人間がいるから、看板を立てているだけなんだ。村のひとなら、いくらでも採ってかまわないよ。まあ、今は時季じゃないけど」

ふたりは山に入った。芽衣子やみのりとも登った、細い坂道を歩く。

「そう言えば、この山ってパワースポットらしいんだ」

少し登ってから、後ろを振り返って言う。今は昭彦が先導していた。

「え、らしいって？」

「おれは知らなかったんだけど、わざわざ遠方からこの山に来たひとがいたんだ。ネットに書き込まれていたからって」

遠方と言ったのは、理緒に東京のことを思い出させないよう、気を遣ったのである。

「それってデマじゃなくて？」

「うーん、結局、よくわからなかったんだ。そのひとは間違いないって言ってたし、確かにそれっぽい場所はあったんだけど、おれには何とも」

「パワースポットか……ホントにパワーがあるのなら、わたしも御利益をいただきたいわ」

「じゃあ、そこに行ってみようか」

昭彦は巨木がある場所へ理緒を誘った。

下心がなかったと言えば嘘になる。もしかしたら芽衣子やみのりのように、理緒も発情して肉体関係を求めてくるのではないかと。

（もしもそうなったら、この山にはマジで妙なパワーがあるってことになるし）

秘密を突きとめるという口実で、淫らな期待を抱いていた。

とは言え、理緒とは行きずりの関係にはなるまい。結ばれたら一度だけで終わらず、今後も続くはずだ。彼女がこのまま村で暮らす決心をすれば、ゆくゆくは結婚も。

「ちょっと、そんなに急がないで」

理緒の声でハッとする。後ろを見れば、彼女が十メートルほど遅れていた。

「あ、ごめん」

足を止めて待つと、ハァハァと息を切らしながら追いついてくる。

「昔は坂道なんて平気だったのに、東京で生活してナマっちゃったみたい」

昭彦は「そうかもね」とうなずき、あとはゆっくり歩いた。

本当は理緒の後ろを歩いて、ヒップの張り具合を観察したかった。しかし、案内を頼まれたのに、そういうわけにはいかない。本心を包み隠し、目的の場所へ向かう。

景色が開けると、理緒が「わあ」と声をあげた。

「綺麗な場所ね」

聳(そび)え立つ巨木を見あげ、目を細める。あのときと同じように、枝葉の隙間から陽光が射していた。

「この木がパワースポットの中心なんじゃないかって話なんだけど」

それとなく示唆すると、彼女は興味津々の面持ちで近づいた。

「うん。いかにもパワーがありそう」

素直に納得し、幹に手を触れる。再び枝葉を見あげた目は、どこかうっとりしているように感じられた。

(これはイケるかも)

昭彦は思わず喉を鳴らした。白いパンツに包まれた同級生女子の下半身を、つい舐めるように見てしまう。

すると、理緒がこちらを振り返る。

「ねえ」

何かを求めるような眼差しに、心臓がバクンと大きな音を立てる。いよいよかと思ったのだ。

しかし、それは早合点であった。

「このあたりにお水ってない？」

「え？」

「けっこう歩いたから、喉が渇いちゃった」

「あ、ああ、うん。こっちにあるよ」

拍子抜けしながらも、昭彦は湧き水のほうに案内した。

（……べつに変わった様子はないみたいだな）

チラチラ振り返って確認しても、彼女の足取りはごく普通である。表情にも、色めいたものはない。

だが、みのりもそうだったのである。そして、女教師は湧き水を飲んでおかしくなったのだ。

まだ望みは失われていない。逸る気持ちを懸命になだめ、また理緒を置いていかないように気をつけながら、昭彦は足を進めた。

「ここだよ」

塩ビ管から澄んだ水が流れ出ているところに到着する。水受けのタライに注がれる音が、静かに響いていた。

「わあ、綺麗な水」

理緒はすぐに歩み寄り、手で水を受けた。

「冷たい。ホントに山の水だね」

洗った両手を器にして水を溜め、口許に運ぶ。

そのとき、彼女は昭彦に背中を向けていた。しゃがんだことでヒップが突き出され、ボトムが張りついた丸みをようやく目にすることができた。

(土岐田さんのおしり……)

年上のＯＬや、人妻の先生と比べればボリュームはない。それでも、好きな女の子のものだけに、胸を打つほど魅力的に映った。

下着は黒か紺ではなかろうか。白いパンツに薄らと色が浮かび、裾のラインやクロッチの縫い目もくっきりだ。それも昭彦の胸を高鳴らせた。

「ふう」

からだを起こした理緒がひと息つく。昭彦を振り返り、

「美味しい水だね」

そう言って口許をほころばせた。それは彼女が村に戻ってから、昭彦が初めて目に

した打ち解けた笑顔であった。

（よかった……）

東京で傷ついた心が、多少なりとも癒やされたようで安堵する。同時に、自己嫌悪にも苛まれた。

（土岐田さんはずっと苦しんでいたのに、おれはいやらしいことばかり考えて）

欲望本位だったのを恥じる。あるかどうか定かではないパワーになど頼らず、自分の力で彼女を支えてあげようと決意した。

と、理緒が不意に表情を曇らせる。笑顔のあとだけに、昭彦は何かあったのかと心配になった。

「え、どうしたの？」

「うん……」

俯いた彼女が、腰をモジモジさせる。途端に、記憶が十年以上も遡った。見た目こそ大人になっているが、こんなしぐさを以前にも見たことがあったのだ。

もっとも、告げられた言葉はあのときと異なっていた。

「こっち見ないで」

言い置いて、少し離れたところにある木の背後に回る。横向きになればどうにか隠れる程度の太さのため、動作のすべてを見せないわけにはいかない。

ましてその場にしゃがんだりすれば尚のことに。

幹の根元近く、横から覗いたのは肌色の丸みだ。程なく、水流が地面ではじける音が聞こえてきた。

（土岐田さんがオシッコをしてる――）

小学生のときにも目撃した光景。時を経て、また同じものを目にするなんて。

あのときとは違い、理緒の姿はほぼ隠れている。しかし、今や子供ではなく、立派な大人だ。いくら差し迫っていたとは言え戸外で、しかも男の前で用を足すとは信じられなかった。

驚きと、エロチックな衝撃で固まり、昭彦は彼女が隠れた木のほうを凝視し続けた。見ないでと言われたことも忘れて。

水音がやんで間もなく、理緒が腰を浮かせる。身繕いを済ませてこちらに出てきた彼女と、まともに目が合った。

途端に、泣きだしそうに歪んだ美貌が紅潮する。

「エッチ」

かつてと同じ言葉でなじられたものの、響きは違った。不届きさを責めるような、キツい口調だった。

理緒は昭彦がいるほうに戻らず、来た道を駆け下りていった。一度も振り返ることなく。

昭彦はしばらくのあいだ、その場に茫然と立ち尽くした。

2

芽衣子から連絡があったのは、その日の夕方だった。前回のときに、メッセージアプリのアドレスを交換したのである。

『明日の午前十時ごろ、友達とオメ山に行くから案内してね』

両手を合わせてお願いする絵文字付きのメッセージ。返信して日程や、どんな友達なのか確認すると、会社の同僚たちとパワースポット巡りをしているとのこと。今夜は県内の別の場所で泊まり、明日レンタカーでオメ山に向かうという。

すでに一度訪れているのだし、案内など不要ではないのか。思ったものの、頼まれたら嫌とは言えない性分である。ＯＫですと返信した。

友達も一緒なら、前回のような淫らな展開にはなるまい。それでも引き受けたのは、気分転換になればと思ったからである。

せっかく理緒と時間を過ごせたのに、自らの失態で気まずい終わりを迎えてしまった。女性の放尿シーンをずっと見続けるなんて、最低の男だと思われたであろう。去り際の理緒の顔を思い出すだけで、胸がキリキリと痛む。まず間違いなく嫌われてしまった。

あのあと、昭彦は彼女が用を足した場所に足を進めた。抗いがたい欲望に駆られて。そこには、地面に泡立った尿の痕跡があった。さらに、ほのかにぬるい匂いも漂っていたのである。

やらかしたあとなのに、昭彦は欲情した。好きな子の、これ以上はないプライバシーを暴き、昂奮を抑えきれなかった。

ブリーフの内側で分身がいきり立つ。それを摑み出し、理緒のおしりや尿がしぶく音も思い返して、その場でオナニーをしたかった。オシッコの残り香にも包まれて。

どうにか思いとどまったのは、仮に気持ちよく射精が遂げられても、そのあとで猛烈な自己嫌悪に襲われるとわかったからだ。告白する前から失恋したも同然なのに、これ以上落ち込みたくなかった。

このあと顔を合わせることがあっても、彼女に避けられるに違いない。そう考えると気が滅入り、悲しくて仕方なかった。

そのため、他の誰かと交流することで、気を紛らわせたかったのである。

翌日、芽衣子から、そちらに向かうとメッセージが入る。それに合わせて出発し、オメ山の入り口で五分と待つことなく、レンタカーがやって来た。

「休みの日にごめんね」

最初に車を降りて、屈託のない笑顔を見せたのは芽衣子だった。自然と胸が高鳴ったのは、初めてを捧げたひとだからである。

彼女の眼差しも、どこか色めいた感じだ。童貞を奪った若者を目の前にして、感慨を覚えているのではないか。

もしもふたりっきりなら、山などどうでもよくなり、この場でカーセックスでも始めるところだ。しかし、他の者がいてはそうもいかない。

続いて、女性がふたり車から出てくる。同性の友達と三人で来るというのは前もって聞いていたが、年齢は知らなかった。

「こちらがわたしの同僚で、先輩の雨宮友紀恵(あまみやゆきえ)さん」

「よろしくね」

穏やかな微笑を口許に湛(たた)えて挨拶したのは、おっとりした印象の大人の女性だ。女教師のみのりよりも年上に見える。三十三、四歳というところではなかろうか。

そして、彼女の左手にも、薬指に結婚指輪があった。

「それから、こっちが一年後輩の中野紗耶ちゃん」

「中野です。よろしくお願いします」

丁寧に頭を下げたのは黒髪ショートカットの、童顔の女性である。芽衣子のひとつ下なら二十七歳か。小柄ということもあり、もっと若く見える。

それでも昭彦よりは年上だ。なのに、昭彦を前にして、妙にオドオドしている。男に慣れていないのだろうか。

仮にパワースポットが本物でも、このメンバーでは淫らな展開は期待できそうもない。まあ、もともとそんなつもりはなかったけれど。

「皆さん、パワースポット巡りが趣味なんですか？」

昭彦の質問に、友紀恵と紗耶が顔を見合わせた。

「ううん。それはわたしの趣味で、今回はわたしが誘ったの。仕事のストレスが発散できるからって」

芽衣子が説明し、他のふたりがうなずく。なるほど、友紀恵と紗耶はハイキングにでも行くような軽装だ。

人妻は大きめのシャツをウエストのところで結び、ボトムは太腿のむっちり具合が際立つジーンズ。後輩女子は半袖のポロシャツにジーンズのミニスカートで、黒いタイツを穿いていた。

いちおう道はあるし、どちらも足元はスニーカーだから、登るのに支障はあるまい。むしろ山歩き装備の芽衣子が浮いて見える。

「じゃあ、行きましょうか」

昭彦が言うと、三人の女性が準備を始めた。

レンタカーには旅行用の荷物が積んであるようだったが、山を歩くだけだから必要最小限でいい。彼女たちは水筒と、小さなバッグを持った。

「これ、持ってもらえる？」

昭彦はナイロン製の袋を預かった。

「何ですか？」

「敷物よ。休むとき、地べたに腰を下ろすのはイヤでしょ」

どうやらビニールシートらしい。重さからして、広げたらかなり大きいのではなかろうか。

山に入る準備を整えると、四人は出発した。

（それにしても、案内なんて必要なのか？）

歩き出して早々、昭彦は疑問を覚えた。このあいだと同じく、芽衣子が先導していたからだ。

横に並べないため、芽衣子、友紀恵、紗耶の順で坂道を進む。それでも会話には困らないようで、ずっと賑やかなおしゃべりが続いていた。女同士のたわいもないやりとりである。

（女三人寄るとなんとやらって言うけど……）

仲間に入ることもできず、昭彦は少し離れてあとに続いた。

すぐ前は一番若い紗耶だ。下はジーンズのミニスカートに黒タイツである。

そのため、おしりの丸みはほとんど強調されていない。太腿もすっきりしているし、もともと下半身の肉づきが少ないようだ。

そうなれば昭彦の視線は、奥にいる人妻の下半身へと注がれる。

ボトムの太腿がはち切れそうな友紀恵は、ヒップもボリュームがあった。ジーンズはソフトタイプらしく女体に喰い込み、尻の割れ目や太腿との境界ラインも、着衣にぱっちりと浮かんでいる。

もしもベージュのジーンズだったら、何も穿いていないのかと目を疑うだろう。ぷりぷりとはずむ重たげな豊臀は、間違いなく芽衣子以上だ。

紗耶の脇から熟れ尻を窃視していると、最初の目的地である開けた場所に到着した。

「ああ、いいところね」

友紀恵が称賛する。中央の巨木に、自然の雄大さを感じ取っているようだ。

「なんか、映画のワンシーンに出てきそうですね」

紗耶も感想を述べる。なるほど、言い得て妙だなと思った。

「ね、こっちに来て」

芽衣子がふたりを手招きし、木のそばに三人で進む。幹に触れながら、何やら言葉を交わした。

ここに来るまでは、後ろにいる昭彦にも会話の内容がわかるぐらいに、大きな声を出していたのである。前後に並んでいたから、そうしないと聞こえなかったためもあるのだろう。

なのに、今は声のトーンを落としている。そのため、離れたところにいる昭彦には、まったく聞き取れなかった。

気になったのは、彼女たちの視線が、時おりこちらに向けられたことだ。

(おれに聞かれたくない話なのかな)

というより、どこか意味ありげである。自分が話題にされている気もした。

そのとき、もしやと疑念が浮かぶ。

(竹沢さん、おれとセックスしたこと、他のふたりに話したんじゃないだろうな)

それこそ、この場所でおかしな気分になったことも含めて。そう思って様子を窺えば、木の幹を撫でる手つきがやけにいやらしい。

もっとも、あのときみたいに、肉体の変化は現れていないようだ。芽衣子だけでなく、他のふたりにも変わったところは見られない。

(結局、あれは何だったんだろう)

未だ答えの出ないオメ山の力に思いを馳せていたとき、
ドーン――。

遠くから太鼓のような音が聞こえた。地響きを伴いそうに重い感じのものが。

「え、雷じゃない？」

芽衣子が言った直後、あたりが薄暗くなる。見あげると、木々の隙間から見える空が、厚い黒雲に覆われていた。

(まずい。ひと雨来るぞ)

雨をしのげる場所はないかと周囲を見回したものの、手遅れであった。

ザーッ！

天空から、全開にしたシャワーのごとき水流が降り注ぐ。続いて、
ピシャッ――ゴゴゴゴゴッ！

カメラのフラッシュを思わせる光があたりを照らし、雷鳴も轟いた。

「キャアッ」

「イヤイヤ、怖いー」

一瞬でずぶ濡れになった女性たちが悲鳴をあげた。

みのりが言ったことを思い出す。高木は落雷の可能性があり、近くにいる人間にも危害が及ぶ恐れがある。

（木のそばにいたらまずいぞ）

昭彦は三人のそばに駆け寄ると、「早く逃げましょう」と声をかけた。

「この木に雷が落ちたら危険です」

「だけど、どこへ行くの？」

年長者の人妻が困惑を浮かべる。

「あ、そうだわ。こっち――」

芽衣子が何かを思い出したように、みんなを誘導する。巨木から離れ、例の湧き水

があるところへ向かったものの、途中で道を外れた。

（え、何かあるのか？）

疑問に思ったものの、また稲光と雷鳴があり、女性たちが悲鳴をあげる。とにかく逃げねばならないという気にさせられた。

そして、低木が生えたあいだをすり抜けていくと、

「あ、ここ」

草で覆われた土手があり、芽衣子がそこへ向かって真っ直ぐ進む。

（え⁉）

彼女の姿がいきなり見えなくなり、昭彦は焦った。繁みの中に吸い込まれ、消えたように見えたからだ。

しかし、そうではなかった。

友紀恵と紗耶もあとに続く。そこにあったのは洞窟だった。

入ってみれば、入り口は狭かったものの、中はわりあいに広いようだ。芽衣子がライトを点けたところ、岩壁も地面も、絨毯みたいに厚めの苔で覆われていた。

（こんなところがあったなんて……）

昭彦はまったく知らなかった。

「あー、ビショビショになっちゃった」

紗耶が嘆く。彼女だけでなく、みんな濡れ鼠だった。バケツの水どころか浴槽をひっくり返したみたいな、ゲリラ豪雨と呼ぶべき雨だったのだ。

それでも、とりあえず雨と雷をしのげて、一同はホッとしていた。

「亀山さん、敷物をお願い」

「あ、はい」

昭彦は預かっていたビニールシートを地面に敷いた。袋の中までは浸水しておらず、表面は乾いている。

女性たちはスニーカーとソックスを脱いで、そこにあがった。

「これ、濡れたやつを着てたら風邪引いちゃうわね」

友紀恵が言い、シャツのボタンをはずす。他のふたりも衣類に手をかけたため、昭彦は焦って背中を向けた。見ていたら失礼だと察したのだ。

外では雷雨が続いているようながら、洞窟の中にいると、荒天の音はあまり聞こえない。入り口が狭い上に、草で覆われているからだろう。

芽衣子が持っていたのはカンテラタイプのライトで、広い範囲を照らしている。おかげで、洞窟内が見渡せた。

奥行きはあまりない。自然にできたものなのか、あるいは何者かが掘ったのかはわからないが、見た感じ壁も天井もしっかりしているようである。落盤の心配はなさそうだ。

「竹沢さんは、この洞窟のことを知ってたんですか？」

背中を向けたまま訊ねると、「そうよ」と返答がある。

「サイトや掲示板をチェックしてたら、草に隠れた洞窟があるって書かれてたの。誰かが隠された財宝を見つけようとしたなんて、ウソかホントかわからないことも書いてあったけど」

昼間なのにライトを用意していたのは、もともと洞窟を探検するつもりでいたためかもしれない。

とは言え、昭彦がチェックしたネットのページには、洞窟に関する記述はなかった。どうやら祖父は、マニアックなサイトにも書き込んでいたらしい。

(ひょっとして、祖父ちゃんが掘った穴なのか？)

それとも偶然見つけたのか。そんなことを考えていると、

「亀山さんもこっちにいらっしゃい」

芽衣子に呼ばれる。着替え終わったのだろうか。

「あ、はい」

返事をして振り返るなり、昭彦は固まった。

三人はシートの上に坐っていた。それも、全員素っ裸で。

紗耶は肩をすぼめ、胸元から股間を両腕で隠すようにしていた。からだつきが華奢で、童顔だから痛々しい印象である。

あとのふたりは開けっ広げだ。どこも隠そうとしていない。

このあいだは見られなかった芽衣子の乳房は、かたちの良いドーム型だった。乳輪は淡い色合い。性器がそうだったように、もともと色素が薄いのかもしれない。

友紀恵のほうは、いかにも熟女という豊満なボディだ。ウエストもお肉が余り気味で、それが妙に色っぽい。

(え、どういうこと?)

動けずにいると、芽衣子が立ちあがった。

「靴を脱いで」

一糸まとわぬ年上の女に言われ、昭彦は操られるように従った。そうしなければいけない気分にさせられたのだ。

「ほら、濡れたままだと風邪を引くわよ」

手を引かれてシートに上がると、友紀恵も寄ってくる。ふたりがかりで服を脱がされるあいだ、

(……おれ、何をやってるんだろう)

昭彦は茫然自失の体であった。

オールヌードの女性を目の前にしているのである。淫らな展開を期待してもよさそうなのに、劣情を覚える余裕もなかった。

ここに来るまでのあいだ、人妻の豊満なヒップを盗み見たぐらいだ。彼女たちに魅力を感じていなかったわけではない。しかし、全裸の三人を前にすると圧倒される。

ブリーフを奪われ、あらわになった牡器官は、縮こまったままだった。包皮をかぶった情けない姿である。

「わたしたちのハダカを見たのに、タッてないの?」

友紀恵は眉根を寄せたものの、

「緊張してるんですよ。こないだまで童貞だったから」

芽衣子の説明に、なるほどという顔を見せる。これではっきりした。

(竹沢さん、やっぱりおれたちの関係をふたりに話したんだな)

これからの展開も容易に想像がつく。昭彦に不要な案内をさせたのは、パワースポ

ット以外に目的があったためだと。

もしかしたら、この雷雨も仕組まれたものだったのか。そんなことも考えたが、さすがにあり得ないかと思い直す。天候まで自由にできたら、それはもうエスパーだ。

3

「さ、ここに寝て」

ふたりの全裸美女に左右から抱えられるようにして、昭彦はシートに身を横たえた。苔がクッションになり、背中はまったく痛くない。

「とりあえず、オチンチンをおっきくしてもらわなくっちゃ」

そう言ったのは芽衣子だ。昭彦の頭を逆向きで跨ぎ、和式トイレのスタイルでしゃがんできた。

（わ──）

たわわなおしりと淫靡(いんび)な苑(その)が迫り、昭彦は目を瞠った。

光量が少なく、ほとんど影になっていたが、前にしっかり観察しているのである。

それよりも、むわむわとこぼれ落ちてくる蒸れたチーズ臭に心を奪われた。

(竹沢さんの匂い……)

あいだに人妻教師との戯れを挟んだためか、間違いなくこれだったという確証はない。むしろ新鮮に感じた。

そして、また無性に舐めたくなる。

「クンニしてくれる?」

お願いした芽衣子が、返事を待つことなくヒップを落下させた。

「むぅ」

豊臀をまともに受け止め、昭彦は反射的にもがいた。けれど、もっちりした重みは心地よくて、たちまち陶酔の心地となる。

(なんて素敵なおしりなんだ)

ナマ尻のすべすべした肌ざわりがたまらない。また、口許に密着した陰部のヌメリにも情欲を煽られる。

快楽の奉仕をするべく、昭彦は差し出した舌を裂け目にもぐらせた。

「あひッ」

芽衣子が鋭い声を発し、尻の谷をキュッとすぼめる。

「え、オマンコ舐められてるの?」

年上の人妻が、禁断の四文字を口にした。

「うん……この子、クンニがすっごく上手なの。エッチを体験させてあげる前に、クンニでイカされたんですよ」

「へえ」

感心した相槌に続いて、秘茎がさわられる。柔らかな手でくるみ込むようにされ、くすぐったい快さが広がった。

(友紀恵さんだ)

慈しむような触れ方から、人妻の手であると昭彦は察した。

もうひとり、紗那はふたりの大胆さについていけないようで、少し離れたところにいたのだ。相変わらず胸や股間をしっかり隠して。

海綿体に血潮が流れ込むと、肉胴を指で摘まれる。包皮を剝かれ、シコシコと摩擦された。

それにより、分身がぐんと伸びあがる。

「あ、すごい」

友紀恵の声。膨張したモノが、五本の指で握り込まれた。悦びがふくれあがり、完全勃起に至る。

「もう勃たっちゃった」

人妻が嬉しそうに手を上下させる。

「カチカチよ。やっぱり若いのね」

あるいは、夫のそこと比べているのか。

「オマンコに挿いれたら、もっと良さがわかりますよ。あん……び、ビクンビクンって
脈打って、存在感が半端ないんですから」

女芯をねぶられながら、芽衣子がはしたない言い回しで解説する。これが熟女の琴
線をかき鳴らしたらしい。

「そんなこと言われたら、挿れたくなっちゃうじゃない」

屹立をしごく手つきがいやらしい。

「いいですよ。お先にどうぞ」

年下の同僚に勧められ、即座にその気になったと見える。

「いいの？」

と、前のめり気味に訊き返した。

「はい。でも、濡らさなくちゃダメですよね。先にクンニしてもらいますか？」

「その必要はないわ。だって、もうビショビショなんだもの」

「え？」

「雷雨になる前、あの大きな木を見たあとぐらいからかしら。妙にカラダが疼いちゃって、下着の中がすごいことになってたの」

それは先日の芽衣子と一緒だ。やはりあの場所はパワースポットで、女性を淫らな気分にさせる力があるというのか。

「へえ、不思議ですね」

芽衣子がとぼけた返答をする。年下の男の童貞を奪ったことは打ち明けても、その前に自らが発情した件は黙っていたようだ。

彼女自身は今回、肉体の変化は起こらなかったのであろうか。顔面騎乗をしたとき、すでに秘部は濡れていたけれど、このあいだほどではない。雨でずぶ濡れになったし、服を脱いだあと、その部分を拭った可能性もあるが。

ともあれ、

「じゃ、若いおチンポを味見させてもらうわ」

友紀恵がペニスの持ち手を変える。続いて、腰を跨がれる気配があった。

（本当にするのか？）

蜜汁をジワジワと滲ませる恥園をねぶりながら、昭彦は下半身にも意識を向けた。

そそり立つイチモツの尖端に、濡れたものが密着する。熱を帯びたそこが重みをかけ、徐々に呑み込まれる感覚があった。

（あ、入っていく）

気になって、舌づかいが覚束なくなる。間を置かずに、亀頭が柔穴にぬるりと侵入した。

「ああーん」

熟れ妻が艶っぽい声をあげる。さらに重みがかけられると、残り部分がずぶずぶと入り込んだ。

（おれ、雨宮さんともセックスしたんだ！）

三人目の女性。そして、人妻はふたり目だ。短い期間で、ここまでの体験ができるなんて。

女遊びもせず、真面目に生きてきたから、神様がご褒美をくれたのだろうか。まあ、真面目というより、ただのヘタレなのであるが。

「やん、ホントに元気なオチンチン」

歌うように言って、友紀恵が尻をくねらせる。下腹に感じる、ぷりぷりしたお肉の感触がたまらない。

もっとも、悦びを享受しているのは彼女も一緒だ。

「これ……クセになりそう」

フンフンと鼻息をこぼしながら、腰づかいを次第に大きくする。結合部がぢゅぷぢゅぷと猥雑な音をこぼすのがわかった。

（こんなに濡れてたなんて）

巨木を見あげただけで欲情したのは事実だったようだ。そんな素振りはまったく見せていなかったのに。

「友紀恵さんのおしり、すごくいやらしい動きをしてる」

芽衣子が切なげに腰をくねらせる。きっとそうだろうと思っていたが、先輩である人妻は、後輩に背中を向けて牡に跨がったのだ。おそらく、顔を合わせるのが照れくさいから。

「だ、だって、気持ちいいんだもの」

さらなる快感を求める友紀恵は、奥を突かれたくなったらしい。豊臀を真上から叩きつけるように振り立てた。

「おうっ、おうっ、おぉっ、こ、これいいッ」

喘ぎ声のトーンが低くなる。肉体の中心で悦びを得ているかのように。

パツン、パツン、パツン――。

尻肉と下腹の衝突音が、洞窟内に反響する。

「ああっ、あ、おおぅ、か、感じる」

「あふっ、そ、そこそこ、もっと舐めてぇ」

女性ふたりの喘ぎ声がユニゾンとなる。淫らホールで演奏される、猥褻シンフォニーという風情。

（ああ、すごすぎる）

顔と腰にたわわな尻を乗せられ、一方には奉仕して、一方には逆奉仕を施されている。こんないやらしすぎる状況で、長く持たせられるわけがない。

愉悦のトロミが分身の根元で煮え滾る。早く外に出たいと訴えていた。

（ま、まずい）

差し迫っているのを言葉で伝えようにも、口許を完全に塞がれていては不可能だ。仕方なく、昭彦は芽衣子のおしりをぺちぺちと叩いて合図した。

「か、亀山さん、イキそうになってるみたいよ」

ちゃんとわかってくれて安心する。ところが、友紀恵は激しい腰づかいをキープしていた。

「うん、オチンチン、さっきより硬くって、あん、す、すごく脈打ってるもの」

頂上に向かいかけている牡根を、濡れヒダで容赦なく摩擦する。まさか、このまま中に射精させるつもりなのか。

「め、芽衣子さん、アレ、持ってきた？」

「アフターピルですよね。ちゃんとみんなのぶん、あ、ありますよ。ああん」

「だったら、う、あふ、こ、このまま中に注いでもらうわ」

そのやりとりで、彼女たちが準備万端であると気づかされた。

(最初から、おれとセックスするつもりだったんだな)

雷雨は完全なアクシデントだったにせよ、乱交は予定通りというわけか。ということは、紗耶も参加するのだろうか。

年齢よりも幼く見えるし、さっきもひとりだけ身を硬くしていた。あるいは何も聞かされずに、ここまで連れてこられたのだとか。

浮かんだ疑問に意識を取られたおかげで、昭彦は落ち着くことができた。爆発間近だった射精欲求が、いくらか後退する。

そのため、友紀恵が先に頂上へ達した。

「あっ、ハッ、イクッ、イクッ」

尻の上下運動がぎくしゃくする。オルガスムスの波に巻かれ、動きづらくなったようだ。

それでも最高の愉悦を求めて、蜜穴をきゅむきゅむとすぼめる。

「あひっ、いいいい、イクイク、イグぅううっ！」

強烈な締めつけに、昭彦も目のくらむ快感にひたった。射精は回避できたものの、クンニリングスの余裕がなくなる。

「ううっ、う、ハッ……ふはぁ」

大きく息をついて、熟れ妻が股間から離れる。すぐ脇に転がる気配があった。

（イッたんだ、雨宮さん）

寝ていただけで何もしなかったけれど、自分のペニスで昇りつめたのである。三人の女性を絶頂に導けたのは事実だし、男としての自信に繋がる気がした。

（じゃあ、次は竹沢さんの番かな）

密かに考えた直後、芽衣子が腰を浮かせる。顔面の重みがなくなって楽になったのに、昭彦はもの足りなく感じた。魅惑のヒップと、もっと密着していたかったのだ。

まあ、セックスするのだからかまわないかと思い直す。ところが、彼女は跨がってこなかった。

「紗耶ちゃん、こっちに来て」

後輩の女子を手招きする。

紗耶は明らかに腰が引けていた。おまけに泣きべそ顔だ。芽衣子とひとつ違いなのに、もっと差があるように見える。

「わ、わたしはいいです」

拒んだのは、何をさせられるのかわかったからだろう。

（ひょっとして処女なんだろうか）

だから怖じ気づいているのかと、昭彦は思った。

「いいですじゃないの。そんなふうに怖がってたら、いつまで経ってもエッチのやり直しができないわよ」

「で、でも」

「どうせ一回しちゃってるんだし、処女膜も破れてるんだから、もう痛くないわよ。それに、エッチの良さを知れば、また彼氏を作ろうって気になるでしょ」

このやりとりに、昭彦は（え、どういうこと？）と混乱した。すると、芽衣子が説明してくれる。

「紗耶ちゃんは、初体験のときに痛すぎて、彼氏を蹴飛ばしちゃったの。そのあと、ずっとエッチを拒んでいたものだから、結局別れちゃったんだけど」

「それって、今より若いときの話ですよね？」

「若いっていうか、去年の話よ」

今が二十七歳なら、二十六歳ではないか。その年までバージンだったのはともかく、初体験が痛くてセックスをさせなかったというのは、いい大人の対応とは思えない。たとえ見た目があどけなくても。

「だから、わたしたちも心配して、ここに連れてきたってわけ」

芽衣子の言葉を受けて、友紀恵ものろのろと身を起こす。

「わたしが先に亀山さんとしちゃったのも、紗耶ちゃんにセックスの良さを知ってもらうためだったのよ」

その説明は、ただの言い訳にしか聞こえなかった。巨木のところでからだが疼いたと言ってたし、単純に男が欲しくなっただけではないのか。

心のツッコミが伝わったのか、昭彦をチラ見した熟れ妻が、気まずげに咳払いをする。それから、自身の蜜汁がたっぷりとまといついた剛棒を握った。

「こんなに濡れちゃって」

白く濁った粘液を指で拭い取り、近くにあったタオルになすりつける。それから、まだ匂いと味が残っているであろう牡器官を予告もなく頬張った。

「おおお」

不意を衝かれ、昭彦はのけ反って呻いた。

脈打つ筒肉に舌をねっとりと絡みつけ、友紀恵が丹念なクリーニングを施してくれる。当然、快感も半端なく、昭彦は歯を食い縛って爆発を堪えねばならなかった。

「友紀恵さんのフェラ、すごくエッチ。旦那さんにもしてあげてるんですか？」

問いかけに、友紀恵はペニスを口に入れたまま、上目づかいで友紀恵を見た。首を小さく横に振ったあと、わずかに眉をひそめる。

どこか悲しげな表情から、昭彦は察した。

（もしかしたら、旦那さんとはセックスレスなのかも）

だからこそ、若い男と交われるのならと、ここまで来たのではないか。

「ふう」

顔をあげてひと息つき、唾液でテカテカになった屹立に目を細める人妻。満足げな微笑を浮かべ、若い同僚を振り返った。

「紗耶ちゃん、来て。オチンチン、綺麗にしてあげたわよ」

年長の先輩にも呼ばれて、いよいよ拒めなくなったのか。紗耶は渋々というふうに膝を進めた。

友紀恵が場所を譲り、紗耶と向かい合う位置に移動する。昭彦の腰の脇に坐った後輩に、芽衣子が身を寄せた。

「さ、オチンチンをさわってみて」

促されて、紗耶が力なくかぶりを振る。胸を隠していた腕を今ははずし、なだらかな双房と、淡いピンク色の乳頭は見えていたが、両手を股間に挟み込んでいた。

「じゃあ、こっちを見て」

言われて、後輩女子が顔をあげる。その頬を両手で押さえると、芽衣子は同性の唇を奪った。

(え?)

彼女たちを見あげていた昭彦は、目を疑った。どうして女同士でキスをしたのか、訳がわからなかったのだ。

紗耶は一瞬だけ抗う素振りを示した。けれど、あとはされるがままになる。それどころか股間の手をはずし、先輩の背中に両腕を回したのである。

(ふたりはレズビアンだったのか⁉)

だが、芽衣子は昭彦とセックスをしたし、紗耶も彼氏がいたという。つまりバイセクシャルということになる。

いや、そんな性的嗜好の話ではあるまい。単純に、芽衣子が紗耶を肉体的に手なずけているように映った。

つらい初体験で男を受け入れられなくなった紗耶は、同性の先輩に慰められ、優しさに身を任せてしまったのではないか。芽衣子のほうも、可愛い系の後輩女子にあやしい欲望を抱き、禁断の関係に足を踏み入れたのだとか。

何にせよ、これまでもキスやハグは普通にしていたに違いない。そう確信できるほど、ふたりのくちづけと抱擁は濃厚で、いやらしかった。

肌をこすりつけ合うように身をくねらせるふたりに、胸が高鳴る。股間のイチモツも雄々しくしゃくり上げ、透明な先汁を筋張った筒肉に滴らせた。

唇を離した女性ふたりが見つめ合う。

「いいわね？」

先輩の言葉に、紗耶がこくりとうなずく。芽衣子は後輩の手を取ると、牡器官へと導いた。

「くうう」

ちんまりした手指が絡みついただけで、背すじがわななく。くすぐったいような気持ちよさ以上に、こんなことをさせていいのかという背徳感が強かった。

（中野さんのほうが年上なのに……）

見た目のあどけなさもあって、何も知らない処女に握らせているような、あやしい心持ちになる。

「どう？」

感想を求められ、紗耶は小さくうなずいた。

「元カレのオチンチンもさわったんでしょ？」

「はい」

「どっちが大きい？」

「……こっち。それに、すごく硬いです」

お世辞を言うゆとりなどなさそうだし、事実なのだろう。昭彦は嬉しくて、ニヤけそうになった。

「フェラもしたことあるんでしょ」

「……はい」

「じゃ、してあげて」

紗耶がさすがにためらいを浮かべる。だが、ここまで来たらするしかないと、覚悟を決めたようだ。表情を引き締め、手にしたものの真上に顔を伏せた。

（マジなのか？）

さすがに、すぐに咥えるような真似はしない。唇が触れるか触れないかというところでストップし、舌を出して張り詰めた亀頭粘膜をひと舐めした。

「おおっ」

軽い電撃にも似た快感が、背すじを駆け抜ける。たまらず陽根を脈打たせると、紗耶の表情が緩んだ。即座に反応されて、自信がついたのか。

舌がチロチロと這う。紅潮した粘膜に唾液を塗り込めた。

「ああ、ああ、ああ」

昭彦は身を震わせ、馬鹿みたいに喘ぐのみだった。

左右から手がのびてくる。芽衣子と友紀恵が示し合わせたみたいに、牡の乳首に触れてきた。指頭でクリクリと転がし、優しく摘まむ。

「うう、う、あ、あっ」

くすぐったい刺激が下半身の悦びをふくれあがらせる。いつの間にか紗耶が亀頭を頬張り、チュパチュパと舌鼓を打ちだしたものだから、昭彦は身悶えした。

（ああ、こんなのって……）

魅力的な年上女性が、三人がかりで愛撫してくれるのだ。ここまでしてもらっていいのかと申し訳ない反面、王様にでもなったみたいな豊かな心持ちになる。

おかげで昭彦は、急角度で高まった。

「ああっ、も、もう」

腰をガクガクと揺すりあげる。射精しそうなのだと、女性たちもわかったはずだ。

「紗耶ちゃん、オチンチン吸ってあげて。精液を飲むのよ」

初体験がうまくいかず、男を拒んできた身には、残酷な命令であったろう。紗耶が一瞬怯んだのがわかった。

しかしながら、口をはずすことなく、一心に強ばりを吸いたてる。

（いいのか？）

昭彦は躊躇（ちゅうちょ）せずにいられなかった。けれど、ぐんぐんと高まる射精欲求は如何（いかん）ともし難い。おまけに、友紀恵が陰嚢にも触れてきたのだ。

「タマタマがパンパンになってる。もうイッちゃいそうね」

などと報告しながら、牡の急所を優しく揉みほぐす。

（うう、タマらない）

なんてくだらない駄洒落（だじゃれ）も、性感曲線を下向きにはできない。オルガスムスの波濤が全身を包み込んだ。

「あ、あ、いきます。出る。ううう」

蕩ける歓喜に目がくらみ、頭の中が真っ白になる。

熱いエキスが尿道を通過するのに合わせて、尖端が強く吸われた。それによって射精のスピードが増したのか、爆発的な絶頂感を味わう。

「あ、あがッ、ハッ、くはっ」

喉が破れそうに喘ぎ、裸身を波打たせる。最後の一滴まで吸い取られたあとは、一気に地の底へ沈み込む気がした。

（ヤバい……よすぎる）

こんな快感を知ったら、真っ当な生活に戻れなくなるのではないか。昭彦は違法な薬物に手を出したにも等しい感覚を味わった。

「ん……」

鼻で息をした紗耶が、ゆっくりと顔をあげる。受け止めたものをこぼさぬよう、口許をキュッとすぼめて。

「飲むのよ」

芽衣子に言われて、洞窟の天井を仰ぐ。喉を上下させたのち、

「はぁー」

口を大きく開けて息を吐いた。

「美味しかった？」

「わかりません。味わう余裕なんてなかったし。でも、まだ口の中にイガイガしたのが残ってる感じ」

まさに苦虫を嚙み潰したという面持ちに、申し訳なさが募る。

（ごめんなさい……）

昭彦は胸の内で謝罪した。

4

「じゃ、次はいよいよエッチだね」

芽衣子に明るく声をかけられ、紗耶は今さらのようにハッと身じろぎした。

「そ、それは――」

「ここまでしておいて、逃げるなんてナシだから」

先輩にきっぱりと告げられ、後輩女子が泣きそうに顔を歪める。

「頑張って、紗耶ちゃん」

友紀恵にも励まされ、いよいよ追い込まれたようだ。

「……わかりました」

紗耶が観念したふうにうなずく。

女性三人のやりとりを、昭彦は気怠い脱力感から抜け出せないまま、ぼんやりと見あげていた。と、芽衣子に手を取られ、引っ張られる。

「ほら、起きて」

だらしなく伸びたままなのはみっともないし、仕方なくからだを起こす。

「紗耶ちゃんがここに寝て」

「え？」

「ほら、早く」

促されるまま、代わって紗耶がシートに身を横たえた。

行儀よく気をつけの姿勢になった彼女は、自ら身を投げ出した殉教者のように見える。要は覚悟ができたということなのか。

(でも、セックスは一度してるんだよな)

激痛に耐えきれず彼氏を蹴飛ばしたというが、貫通は遂げているのである。ならば、そこまで怖がる必要はないと思えた。

とは言え、女性は二度目でも痛いのかもしれない。最初の傷口が塞がって、また同じところが破れたら、痛みも出血もあるだろう。そのあたり、男である昭彦には、理解の及ばぬ世界だ。

「じゃ、すんなり入るように、いっぱい濡らしてもらおうね」

後輩に告げた芽衣子が、こちらを振り返る。何を求められるのか、昭彦は言われる前からわかった。

「紗耶ちゃんにクンニしてあげて」

予想どおりの要請を告げられるなり、目を丸くしたのは紗耶であった。

「だ、ダメです。恥ずかしい――」

焦って起きあがろうとした彼女を、先輩の女性がふたりがかりでシートに押さえつける。

「紗耶ちゃんも亀山さんにフェラしたでしょ。クンニさせてあげなくちゃフェアじゃないわ」

「亀山さん、舐めるのがとっても上手なんだって。芽衣子さんのお墨付きよ。何なら、一度イカせてもらえば、挿れられるのも怖くなくなるわ」

芽衣子と友紀恵から順番に説得され、紗耶は涙目になった。

「わ、わかりました……」

シートに頭を戻し、瞼を閉じる。年上のふたりに脚を大きく開かされても、もはや抵抗しなかった。

「亀山さん、お願い」

「あ、はい」

芽衣子の頼みにうなずき、昭彦は移動した。あらわに晒された女体の中心に向かって、身を屈める。

（ああ、これが……）

実物を目で確認した、三つ目の女性器。友紀恵の秘部は目にしないまま、騎乗位で結ばれたのである。

紗耶のそこは、秘毛がしっかり繁茂していた。初体験が遅く、セックスを怖がるなど子供っぽく純情でも、大人の女性なのだと思い知らされる。しかも、自分より年上なのだ。

よって、遠慮することはないと、縮れ毛をかき分ける。

「ん……」

紗耶が微かな声を洩らし、下腹をヒクンと波打たせた。

叢(くさむら)に隠れた恥苑は、全体に小さい感じがした。花びらのはみ出しも少なく、色素の沈着もあまりなさそうだ。それこそ、勃起したペニスを受け入れたら、小さな穴が破れるかもしれない。

ただ、いたいけな眺めゆえに愛でたくなる。

雨に濡れたあとのためか、匂いはさほど感じない。ヨーグルトに似た酸味臭がわずかにある程度だ。

ちょっとものの足りなかったけれど、控え目なところが彼女らしくて、好ましくもある。気持ちよくしてあげたい気持ちも高まり、昭彦は毛に隠れがちなもうひとつの唇にくちづけた。

「う……あ――」

湿った窪地を舌で探ると、切れ切れな喘ぎ声が聞こえる。陰部も絶え間なく収縮し、快感を得ているのは明らかだ。

膣口をほじれば、温かく粘っこい蜜がトロリとこぼれる。セックスを怖がっていても、肉体は快い刺激にちゃんと反応するようだ。

(この感じだと、オナニーぐらいはしてるのかも)

初体験の前から彼氏のペニスを愛撫し、フェラチオもしてあげたらしい。性的な好奇心はひと並みか、もしくはそれ以上だ。

（さっきだって、おれをものすごく感じさせてくれたし）

射精に合わせてペニスを吸うなんて、かなり経験を積んでいないと無理だろう。そうでなければ、男を歓ばせる天分に恵まれているのか。

この調子だと、セックスの快感にもすぐさま目覚め、挿れてほしいとせがむようになるかもしれない。蜜穴も狭そうだし、中に挿れたらキュッと締まって、男のほうも夢中になりそうだ。

紗耶と交わりたい気分が高まり、舌で熱心に奉仕する。反応は控え目ながら、順調に高まっているのが窺えた。

そのとき、重大な障壁が待ち構えていることに気がつく。

（まずい。おれ、勃起してないぞ）

強烈な射精感にまみれて、おびただしい量のザーメンを放ったのだ。分身は完全に力をなくしている。昭彦は屈み込んで、尻を後ろに突き出していたが、うな垂れたそこがぷらぷらと揺れているのがわかった。

いくら女芯を濡らしても、挿入すべき肉棒が役立たずでは話にならない。何とかしなくてはと焦ったのと同時に、股間に触れてくるものがあった。

「むふッ」

ムズムズする快さに、太い鼻息をこぼす。芽衣子か友紀恵かはわからないが、どちらかの手が秘茎を摘まんだのだ。

「こっちも元気になってもらわなくっちゃね」

その声で誰なのかわかった。芽衣子だ。

「脚を開いて」

言われるままにしたのは、気持ちよくしてもらえるとわかったからである。すると、低くなった股間の真下に、何かが入り込む気配があった。

「もっと腰を落として」

これにも素直に従うと、真下から尻を抱えられる。引き寄せられ、下向きのペニスが温かな淵へと吸い込まれた。

ピチャピチャ……。

舌を絡みつけるようにねぶられて、何が起こっているのか察する。芽衣子が腰の下に仰向けでもぐり込み、フェラチオをしているのだ。

「むっ、むっ、ううう」

快感が急角度で高まる。萎えているためにくすぐったさのほうが強かったが、下半身がビクッとわななくほどに感じた。

「じゃあ、わたしはこっちね」

友紀恵の声だ。続いて、牡の急所にキスをされた。さらにチロチロと、シワに沿うみたいに舌を這わせられる。

(うう、そんな)

チャーミングな年上女性ふたりから、同時に性器をねぶられるなんて。ここまで至れり尽くせりの奉仕をされる男が、他にいるのだろうか。

熟れ妻は陰嚢だけでなく、舌先で会陰の縫い目をくすぐり、肛門まで舐めた。芽衣子にも同じことをしたし、お返しに指で悪戯されたけれど、まさか自分も舐められるなんて。

申し訳ないのに、やめてくれとは言えなかった。クンニリングスの最中だったのもそうだが、ねちっこい舌づかいが気持ちよすぎて、もっとしてほしいと願ってしまったのである。

(竹沢さんも、こんな感じだったんだろうか)

排泄口をねぶられ、完全には拒めなかったのも無理はないと納得できた。

心尽くし舌尽くしの愛撫への感謝を、もうひとりの秘苑を味わうことでお返しする。敏感な肉芽を探り当て、舌先でほじるように転がした。

「あ、ああっ、いやぁ」

紗耶のよがり声が大きくなる。成熟前の腰回りも、シートの上で物欲しげにくねった。もっとしてと求めるみたいに。

彼女がいよいよその気になってきたのに同調して、海綿体に血液が殺到する。ほとんど時間をかけることなく、ペニスは最大限の膨張を遂げた。

その直後、

「う、うう、イク」

呻くように言った紗耶が、裸身をワナワナと震わせる。もうすぐだと、硬くなった尖りを強く吸うなり、

「イクッ！」

鋭い声を発し、腰をガクンとはずませた。あとは両脚を投げ出し、ハァハァと深い呼吸を繰り返す。

（イッたんだ）

昭彦も成果に満足し、女体の中心から口をはずした。なまめかしくヒクつく愛らし

い恥芯を目にして、胸をときめかせる。

後輩のアクメ声が聞こえたのか、芽衣子と友紀恵が下半身から離れた。

「紗耶ちゃん、イッたのね」

瞼を閉じてオルガスムスの余韻にひたる紗耶を、友紀恵が覗き込む。汗で濡れたひたいに張りついた髪を、指でよけてあげた。

「オチンチンの準備も整ったし、亀山さん、挿れてあげて」

芽衣子に促され、昭彦は「はい」とうなずいた。

「オチンチンはわたしが導いてあげるから、紗耶ちゃんに抱きついてキスしてあげて。恋人同士みたいにラブラブな感じで、そうすれば安心すると思うわ」

「わかりました」

言われたとおりに、昭彦は華奢なボディに身を重ねた。

閉じていた瞼が開かれる。トロンとした目が、こちらを見あげてきた。

「……イッちゃった」

舌をもつれさせるようにつぶやかれ、愛(いと)しさで胸が爆発しそうになる。

(なんて可愛いんだ)

年上なのに、少しもそんな感じがしない。そのため、キスしたくてたまらなくなった。

いいんだろうかと、思わなかったわけではない。くちづけはセックス以上に特別で、本当に心を通わせた間柄でないとできない気がしたのだ。まして、紗耶のように純情な女性は、そう簡単に唇を許さないのではないか。

けれど、胸を衝きあげる想いには逆らえず、ままよと唇を重ねる。

その瞬間、あどけない裸身が強ばったのがわかった。あ、早まったかなと思ったものの、首っ玉に腕を回される。

「ん……ンふ」

紗耶が鼻息をこぼし、縋るように吸ってくれる。舌を差し入れても拒まず、自分のものを戯れさせてくれた。

(キスってこんなにいいものなのか)

芽衣子やみのりとも唇を交わし、そのときも同じ感想を持った。だが、今のほうが、感激の度合いが大きい。

先のふたりとの場合は、年上ということもあって、子供扱いされているような感じを拭い去れなかった。紗耶も年上ながら、受ける印象としては年下である。そのため、対等な関係でのくちづけだと信じられ、こんなにも胸が躍るのだろう。

果実のようなかぐわしい吐息と、サラリとした唾液にも好意が募る。気がつけば、口許がよだれでベトベトになるほどの、濃厚なくちづけに耽溺していた。

その間に、芽衣子が約束どおり股間から手を差し入れ、強ばりを入るべきところに導いてくれた。

「いいわよ。挿れてあげて」

指示を聞いて、そろそろと腰を進める。濡れた溝に肉槍の穂先がもぐり込むと、すぐに関門があった。

（ちゃんと入るのかな……）

膣口は舌で確認したが、かなり狭かった。いくら柔軟性があっても、侵入できるのはせいぜい指ぐらいではないか。

それでも、結ばれたい思いが強まって、入り口をこじ開ける。

「ん……」

紗耶が身じろぎする。体内に入ろうとするモノの存在を認識したのだ。

彼女は逃げなかった。年下の男にいっそう強くしがみつき、覚悟を伝えてくる。

一途な想いに胸を打たれ、昭彦はさらに進んだ。丸い頭部が狭穴を広げ、徐々に入り込む。

　間もなく、

「あぁっ」

　紗耶がくちづけをほどき、のけ反って声をあげた。くびれまでが蜜穴にはまったのである。

「中野さんっ」

　名前を呼び、残り部分を濡れた洞窟に沈める。ふたりの下腹がぴったり重なった。

「入ったよ」

　告げると、せわしない息づかいが返される。表情に苦痛の色はなさそうだ。

「だいじょうぶ？」

　気遣う言葉に、紗耶は何度もうなずいた。

「だいじょうぶ……今日は痛くないわ」

　どこか安心した面持ちである。やはり痛みが不安だったのだ。

「動いてあげて。最初はゆっくりね」

　友紀恵が年長者らしくアドバイスをする。昭彦は「わかりました」と答え、腰をそろそろと前後させた。

（うわ、キツい）

予想どおり、紗耶の膣は狭かった。けれど、濡れ方も著しく、動くのに支障はない。むしろ締めつけが気持ちよすぎて、油断すると爆発しそうだ。

「あ……あん、うぅ」

切れ切れの喘ぎは、色めいた響きを含んでいた。赤らんだ頬が色っぽい。

「紗耶ちゃん、気持ちいい？」

芽衣子の問いかけに、後輩女子は「わ、わかんない」と答えた。

「ホントに？　けっこう感じてるみたいだけど」

再び股間から手を入れられる。芽衣子が結合部をまさぐったのだ。

「ほら、オマンコがこんなにビショビショだもん」

「いやぁ」

嘆く紗耶の内部がどよめく。辱めの言葉に、むしろ昂ったかに感じられた。

「もうちょっと激しくしてもいいみたいよ」

熟れ妻に尻をすりすりと撫でられ、昭彦は煽られるように抽送のストロークを大きくした。腰振りの動きも速くする。

「あ、ああっ、だ、ダメぇ」

紗耶が泣きべそ声を上げ、頭を横に振る。口では拒みながら、二十七歳の肢体は女の歓びに目覚めているのが窺えた。

ヌチュ……くちゅ――。

交わる下半身が卑猥な濡れ音をこぼす。膣内の温度が上がってきた。特に奥は煮込んだシチューみたいにトロトロだ。

「中野さ――紗耶さんのオマンコ、すごく気持ちいいです」

全裸の女性たちに囲まれたシチュエーションに今さら劣情が高まり、昭彦は卑猥な言葉遣いで感想を述べた。

「イヤイヤ、ば、バカぁ」

眼差しを悦楽に蕩けさせ、息をはずませながらなじるのが愛おしい。再び唇を重ね、舌と性器で深く繋がった。

「むっ、むっ、む――ンふふぅ」

息づかいは苦しそうでも、裸身は歓迎するようにくねる。紗耶は掲げた両脚を、昭彦の腰に絡みつけた。

「紗耶ちゃん、気持ちよさそう」

羨ましそうな芽衣子の声。これが終わったら、次は彼女に求められるに違いない。

昭彦は確信した。

「ぷは――」

紗耶が唇をはずし、大きく息をつく。紅潮した頰が、童顔をいっそうあどけなく見せた。

だが、肉体は一人前の女である。

「わ、わたし、ヘンになっちゃいそう」

彼女が怯えた声音で明かす。上昇のとば口を捉えたらしい。

「いいですよ。ヘンになってください」

「で、でも」

「おれも、もうすぐイキますから」

射精が近いことを告げると、かえって安心したようだ。

「うん……中でイッて」

大胆な許しを与え、女体が愉悦の流れに乗る。

「ああ、あ、いい。いいの。中がムズムズするぅ」

あられもないよがり声が、洞窟内にわんわんと響く。それが理性を粉砕し、昭彦も急上昇した。

「さ、紗耶さん、いく」

「あ、ハッ、はひっ、いいいいい、イッちゃう」

ぎゅんと反り返った華奢なボディをしっかりと抱きしめ、ありったけの情熱をドクドクと注ぎ込む。

「おおおおお」

射精しながら雄叫びを上げる。愉悦にまみれた腰を、昭彦は浅ましく振り続けた。

紗耶から離れ、仰向けになるなり、濡れた股間に顔を埋められた。

ぢゅるるッ、ちゅぱっ――。

肉器官にまといついた淫液をすすり取られ、舌をヘビのごとく動かされる。芽衣子であった。

「んふっ、んふっ」

鼻息を荒々しくこぼし、牡に快楽の奉仕をする。

「あ、ちょ、ちょっと」

ほとばしらせて間もないペニスに強烈な刺激を浴び、昭彦は喉をゼイゼイと鳴らした。くすぐったさと気持ちよさで、頭がおかしくなりそうだったのだ。

二回連続でたっぷりと精を放ったのである。回復するにしても時間がかかるはず。

そう思っていたのに、海綿体に血流が戻る感じがあった。

（嘘だろ……）

正直、もうたくさんという心境だったのに。

がっちりと根を張った剛棒から口をはずし、芽衣子が淫蕩な笑みを浮かべた。

「じゃ、次はわたしね」

当然という顔つきで権利を主張し、腰に跨がってくる。

紗耶とのラブラブエッチのあとで、童貞を捧げた女性から大胆に求められる。こちらに選択権はなさそうだ。

（……ま、しょうがないか）

諦めたのと同時に、熟れ腰が沈んだ。

「おほぉッ」

太い声を吐き、芽衣子が裸身を震わせる。かたちの良い乳房が、たぷんと上下にはずんだ。

「くうう」

甘美な締めつけを浴び、昭彦も呻いた。内部はかなり熱く、濡れ方も著しい。他のふたりの交わりを見物しながら、ずっと我慢していたのが窺えた。

「硬いオチンチン、最高だわ」

間を置かずに腰を上下させる二十八歳。たわわなヒップが太腿の付け根にぶつかり、タンタンとリズムを刻んだ。おそらく、こちらが噴きあげるまで、容赦なく責め続けるのではないか。

ふと横を見ると、友紀恵と紗耶がこちらに熱い視線を向けている。どちらも完全には満足していなさそうで、次々と求められるのだと昭彦は悟った。

（からだ、持つのか？）

そんな不安もたちどころに消え去る。彼女たちをもっと歓ばせたいと、からだの芯から力が漲ってくるのを覚えた。

もしかしたら、これがパワースポットの力なのか。芽衣子のよがり声を耳にしながら、昭彦はそんなことを考えた。

第五章　あの子の喘ぎ声

1

一週間後、昭彦はまたオメ山を訪れた。今度こそ秘密の源を発見しようと。

とは言っても、本当に不思議な力があると実証されたわけではない。ただおかしなことが続いたという、それだけのこと。オカルトや心霊話のほとんどがそうであるように、奇妙な偶然が重なったという解釈も成り立つ。

しかしながら、先週の出来事を思い返すと、偶然では片付けられない気がする。あの日の自分は、明らかに尋常ではなかった。

何しろ、三人の女性を相手に、短時間で六回の射精を遂げたのだから。

紗耶の口と膣に一度ずつ発射して、芽衣子を二度オルガスムスに至らしめたあと、彼女の中にもザーメンを注いだ。さらに友紀恵と紗耶と二度目の交わりをして、どちらにも射精。最後は三人を順番に貫いたあと、代わる代わるに手コキやフェラのサービスをされ、また紗耶の口内で果てた。

男がひとりだけの4P、しかも洞窟の中という異様な状況だったことで、昂りが著しかったのは間違いない。そのため本来の能力以上にハッスルしたとも考えられるが、いくらなんでも六回は多すぎる。

みのりとテント泊をしたときも、同じぐらいの回数をほとばしらせた。しかし、あのときは二日にわたってだったのだ。

そして、みのりのときにもそうだったように、先週も山を下りて家に帰り着くなり、腰が砕けたみたいに倒れ込み、しばらく動けなかった。荒淫でからだが持ったのは、オメ山のパワーのおかげだったとしか思えない。

だからこそ、またも休日に、こうしてやって来たのだ。何かわかるかもしれないと期待を込めて。

(よく考えたら、ひとりでここに来たことってなかったかも)

坂道を歩きながら、ふと思い当たる。

最初のときは芽衣子と一緒になり、次はみのりのキャンプに付き合った。三度目の時は偶然にも理緒と会い、翌日はOL三人組との洞窟内乱交である。
もしかしたら、オメ山が女性たちを引き寄せているのか。持ち主に快楽のひととき
を味わわせるために。
などと、妄想じみた推測も浮かんだけれど、当てはまりそうなのは芽衣子が最初に
訪れたときと、理緒だけだ。みのりは、昭彦がソロキャンプにいいと勧めたから来た
のであり、友紀恵と紗耶は、芽衣子が連れてきたのだから。
それに、理緒とは何も色めいたことがなかった。彼女がオシッコをしたときに、ち
ょっとだけおしりが見えた程度である。
冷静になって振り返ると、山の不思議な力なんて、最初からなかったのではないか
と思えてくる。芽衣子にパワースポットだと聞かされたせいで、妙な考えに取り憑か
れたのではあるまいか。
元を正せば、祖父の書き込みが発端だったのである。あれも何らかの企みがあった
わけではなく、観光資源のない村に人間を呼び寄せるため、キャッチーなネタを流し
ただけかもしれない。
加えて、せっかく受け継いだ山に特別な要素があってほしいと、昭彦自身が無意識
に望んだのではないか。そのため、パワースポットというオカルトじみた説に飛びつ

いてしまったと。

(ようするに、おれが馬鹿みたいに浮かれてたってことなんだな)

そこまで考えて、オメ山への興味が急速に失せてくる。

絶倫じみた精力を発揮できたのだって、山が力を与えてくれると信じたことによるプラセボ効果だったのだろう。芽衣子やみのり、友紀恵が発情したのだって、単なる欲求不満だったのだ。

現に、紗耶と理緒には何も起こらなかったのだから。

(……やっぱり帰ろうか)

山道を歩くのも億劫になってくる。引き返そうと、昭彦は足を止めかけた。

――いや、行くべきだ。

頭の中に声が響く。昭彦はギョッとして周囲を見回した。

(誰もいないよな……)

けっこうはっきり聞こえたけれど、気のせいだったのか。というより、あれは自分の声だったように思える。

どうやら意識しないまま、独り言を口にしてしまったらしい。行くか帰るか迷っていたものだから、心の声が出てしまったのだろう。

だったら進むべきかと考え直し、昭彦は急坂を踏みしめて歩いた。これが最後だと心に決めて。

視界が開け、巨木が聳えるところに辿り着く。パワースポットだと信じるようになった原点の場所だ。

（え？）

心臓の鼓動が激しくなる。木のそばに誰かがいたのだ。空を見あげ、眩しそうに目を細めた人物は、おそらく最も会いたかったひとである。

「あ──」

気配で察したのか、彼女がこちらを向く。昭彦の姿を認め、複雑な面持ちを見せた。

理緒であった。ポロシャツにジーンズと、この前よりもシンプルな装いの。

「ごめんなさい。勝手に入っちゃって」

山の持ち主が昭彦なのを思い出したか、謝って気まずげに目を伏せる。

「いや、べつにかまわないけど」

前回、不躾な行為を咎められたことも忘れ、彼女に歩み寄る。会えたことが単純に嬉しかったのだ。

「だけど、どうしてここに？」

「亀山君、言ったでしょ。ここがパワースポットだって」

「ああ、うん。まあ、本当かどうかはわからないけど」

前のとき、理緒にもそう伝えたと思うのだが。あるいは本気にしたのか。

「わたし、何だか気になって、もう一度来てみたくなったの。本当にパワースポットで、わたしに勇気や力を与えてくれたらいいなって」

「力って？」

「生きていく力」

真剣な表情でそんなことを言われて、昭彦は心配になった。死を覚悟しているかのように聞こえたのである。

「あの――早まったことは考えないほうがいいよ」

焦って忠告すると、彼女がきょとんとした顔を見せた。

「早まったことって？」

「だから、命を粗末にするような」

皆まで言わないうちに、理緒は眉をひそめた。

「わたし、自殺なんてしないわよ」

ストレートに反論され、昭彦は早合点だと気がついた。

「ご、ごめん」

「まあ、死んじゃいたいぐらいに悩んでいたのは事実だけど、そういう弱い自分と訣別しなくちゃいけないと思って、だからここに来たの」

彼女が立ち直ろうとしているのだとわかり、昭彦は安心した。

「それで、パワーは感じられたの？」

「どうかしら。ただ、たくさんの命が育まれている自然の中にいたら、わたしの悩みなんてくだらないなって思えてきたのは確かね」

そう言って、理緒が自嘲気味にほほ笑む。再会したときの暗い表情は消え去り、吹っ切れているかに感じられた。

「だったらよかった」

「うん。パワースポットかどうかはわからないけど、少なくともわたしは、この山に力を与えてもらったわ」

昭彦は、彼女の力になりたいと考えていた。なのに、オメ山に先を越されてしまったようである。

(土岐田さん、元気になれたみたいだな)

だったら、ここは素直に喜ぶべきだろう。

「それなら、山の持ち主としても鼻が高いよ」

「ここって山菜採りだけじゃなくて、オールシーズンで開放してもいいかもね。わたしみたいに、立ち直れる人間が他にもいるかもしれないし」

言ってから、理緒は遠くを見る目になった。

「特に、都会の生活に疲れたひとたちとか」

まさに彼女が、そのひとりだったのだ。

「ねえ、お願いしてもいい？」

突然の頼み事に面喰らいつつ、昭彦は「いいよ」とうなずいた。好きな女の子のためになら、何だってしてあげたい。

「話？」

「べつに難しいことじゃないの。ただ話を聞いてもらいたいだけ」

「わたしがどうして村に戻ってきたのか、その理由について」

理緒が真顔になる。息苦しさを覚え、昭彦はコクッと唾を飲んだ。

仕事のことはともかく、東京で男と何があったのかなんて、正直聞きたくなかった。嫉妬に駆られ、胸が痛むのは目に見えていたからだ。

それでも、すべてを打ち明ける相手として、理緒が自分を選んでくれたのだ。その気持ちに報いなければならない。昭彦は覚悟して耳を傾けた。

話の内容そのものは、特段変わったところがあるわけではなかった。

理緒には大学時代、同じゼミに憧れていた先輩がいた。彼は先に卒業し、就職したものの、一年後、幸運にも同じ会社に入ることができた。

これは運命だと信じ、理緒は思い切って告白した。すると、彼のほうも憎からず思っていたと言い、ふたりは付き合うことになった。

ところが、彼には同じ社内に、すでに恋人がいたのである。要は二股をかけられたのだ。

しかも本命の恋人は、会社の重役の娘。騙されたのは理緒のほうなのに、泥棒猫と罵倒され、閑職に回された。

希望を失い、職場にもいづらくなり、理緒は退職したという。そんな彼女に追い討ちをかけるように、会社から親宛に文書が届いたそうだ。娘さんは異性関係で問題を起こしたため、辞めてもらったと。

（ひどすぎる――）

昭彦は怒りに身を震わせた。

理緒の純情を踏みにじった先輩や、その恋人である重役の娘、理緒の親宛に文書を送った会社の人間が目の前にいたら、我を忘れて殴りかかったに違いない。そのぐらい腹を立てていた。

男にフラれて仕事もうまくいかずなんてのは、事実のほんの上っ面だったのだ。もしかしたら本当のことを知られないようにと、オブラートで包んだ噂をわざと流したのかもしれない。

とにかく、理緒がどれほど傷ついたのか。そのことを思うと、昭彦は胸が張り裂けそうだった。

もっとも、本人はすでに吹っ切れた顔を見せている。

「ようするに、わたしに男を見る目がなかったってこと。何も知らない田舎娘が、甘い言葉に騙されて、安直な罠にかかったってわけ。ま、いい勉強になったわ」

などと言われても、素直に同意できない。

「だけど、土岐田さんは――」

傷ついたのだから、連中にきっちりと償いをさせるべきだ。そう言いたかったのに、片手で制止された。

「とにかく、その件はもういいの。この山に登って、綺麗な景色を眺めてたらすっきりしたし、忘れることにするわ」

にこやかに宣言され、口をつぐむしかなくなる。

(でも、本当にそれでいいのか?)

何よりも好きな女の子に関わることだから、幸せな結末を迎えてほしかった。そのためにどうすればいいのかなんて、わからなかったけれど。

「亀山君、もうひとつお願いを聞いてくれない?」

理緒が言う。仲のいい友達に頼み事をするような、フレンドリーな口調で。

「うん。なに?」

「わたしを抱いてくれない? 今ここで」

彼女と親密になることを願っていたにもかかわらず、それはかつてない驚きと衝撃を昭彦にもたらした。

「ど、どうして⁉」

「ほら、失恋を忘れるには、新しい恋を始めるのが一番だって言うじゃない。だけど、そういう相手は簡単に見つかりそうもないし、とりあえずセックスだけでもいいかなって」

そんな品のないことを、理緒には軽々しく口にしてもらいたくなかった。ただ、彼女が次のステップを踏み出そうとしていることは理解できた。その方法が相応しいかどうかは別にして。

と、理緒が照れくさそうに頰を緩める。

「実を言うと、さっきこの木を見あげてたら、そういうことをしたい気分になったの。どうしてだかわからないんだけど」

それはオメ山のパワーがもたらしたものだったのか。しかし、昭彦にとってはどうでもよかった。

「ね、お願い」

好きな子の頼みを拒めるわけがない。まして、彼女と深い関係になれるとあっては。

「うん……」

戸惑いを滲ませた返答とは裏腹に、胸の奥で熱く猛る情動があった。

2

巨木を背にした理緒に身を寄せ、唇を重ねる。その前に彼女が瞼を閉じたから、キスを求められているとわかったのだ。

ふにっとした柔らかな感触。少し乾き気味の唇からこぼれるのは、甘い香りの吐息だった。

（おれ、とうとう土岐田さんとキスしたんだ！）

そのとき、昭彦の脳裏に浮かんだのは、少女時代の理緒だった。放尿場面を目撃したあの日、ちょっと気まずくなったあと、別れ際に『バイバイ』と愛らしく手を振ってくれた。

恋に落ちたときの甘美な記憶が、くちづけの感動をいっそう大きくする。気がつけば舌を差し入れ、より深い繋がりを求めていた。

理緒が舌を与えてくれる。チロチロとくすぐり合い、唾液を交換することで、全身が熱く火照りだした。

彼女の背中に腕を回し、きつく抱きしめる。顔を傾け、舌を絡ませることで、身も心もひとつになったと感じた。まだセックスをしていないのに。

「ふう」

唇が離れると、理緒が息をつく。赤らんだ頬が愛らしい。

「……キスって、こんなに気持ちいいんだね」

「え？」

「ほら、胸がドキドキしてる」

手を取られ、ポロシャツの胸元に導かれる。見た目の盛りあがりはそれほど大きくなかったが、衣服越しでも柔らかさがしっかりと感じられた。ワイヤーのない、ソフトタイプのブラジャーをしているらしい。

「ね、すごいでしょ」

言われて返答に窮したのは、バストサイズのことかと勘違いしたからだ。しかし、彼女は乳房をさわらせたかったわけではないと、すぐに気がつく。

「ああ、うん。でも、おれだってそうだよ」

「本当に？」

理緒の手が心臓の鼓動を確かめる。負けないぐらいの動悸を感じ取り、「ホントだ」と頬を緩めた。

「わたしたち、同じ気持ちってことだね」

昭彦は嬉しくてたまらなかった。両想いだと言われた気がしたからだ。

彼女の手がすっと下りる。ためらうことなく、ズボン越しに牡の高まりを確認した。

「うう」

快さに呻きつつも、理緒の大胆さに戸惑う。

「こっちもドキドキしてるね」

愛らしくも淫蕩な微笑。彼女が捉えたシンボルは、隆々といきり立っていた。キスをしたときから、情欲をあらわにしていたのである。

（土岐田さんが、ここまでするなんて）

ショックではあったが、理緒はもうあどけない少女とは違う。様々な経験を積んだ、立派な大人なのだ。

しかしながら、大胆な行動は、純情を踏みにじられた反動ではないのか。憧れていた先輩と付き合ったときだって、ここまでではなかったろう。

だからと言って、自棄になっているのではない。生まれ変わりたい、強くなりたいという願いが込められているように感じられた。

（だったらおれも――）

負けていられないと、彼女の背中にあった手を下降させる。ジーンズの硬い布に包まれたおしりを、指を喰い込ませるようにして揉む。

「あん」

甘える声を洩らした理緒が、軽く睨んでくる。

「エッチ」

恥じらいを含んだその声は、放尿を見られた少女時代の彼女を思い起こさせた。

（土岐田さん、変わってないんだ）

外見や経験は年齢相応でも、内面はあのときのままなのだ。

「土岐田さんだって、おれのをさわってるじゃないか」

この反論に、彼女が不満げに頬をふくらませる。気分を害したのかと思えば、そうではなかった。

「……下の名前で呼んで」

「え？」

「こんなときに苗字だなんて、他人行儀じゃない」

親しい間柄になるのを求められているとわかり、昭彦は天にも昇る心地を味わった。

「わかった。り、理緒ちゃん」

子供時代と同じ呼び方をすると、彼女がはにかむ。

「うん。昭彦君」

ふたりはもう一度唇を重ねた。名前を呼び合った影響か、いっそう親密になれた心地がする。

再び舌を絡めながら、互いのからだをまさぐる。理緒は昭彦のズボンの前を開き、中に手を侵入させた。

「むふッ」

牡の猛りを直に握られ、太い鼻息をこぼす。

ペニスは蒸れてベタついていた。なのに、理緒は少しも嫌がる素振りを見せない。指をすべらせ、全体のかたちと大きさを確認しているようだ。

積極的な彼女に負けていられないと、昭彦もジーンズの前ボタンをはずした。ちょっと迷ってから、手をおしりのほうから差し入れる。パンティのゴムもくぐらせ、ぷりぷりしたお肉の感触を手で愉しんだ。

「むぅ」

理緒が呻き、腰をくねらせる。最初は抵抗せずに受け入れていたものの、昭彦の指が汗で湿った谷間に入り込むと、くちづけを中断した。

「ちょ、ちょっと」

眉根を寄せて睨んでくる。自分がさわるのはよくても、されるのは抵抗があるのか。

「だって、お互いのことを全部知らないと、セックスなんてできないよ」

わざとストレートな言い回しで告げると、理緒は一瞬怯んだようだ。けれど、思い直したように小さくうなずき、

「そんなこと、わ、わかってるわ」

反抗期の子供みたいに言い返す。続いて、木を背にしたましゃがんだため、昭彦の手は彼女のおしりから離れた。

ズボンとブリーフがまとめてずり下ろされる。好きな子の前で牡のシンボルをまともに晒し、さすがに顔が熱くなった。

「すごい……」

逞しく反り返る肉色の槍に、理緒が驚嘆の眼差しを浮かべる。おかげで昭彦のほうは羞恥が薄らいだ。

「昔はもっと可愛かったのに」

そのつぶやきに（え？）となる。子供時代、彼女にその部分を見られた記憶がなかったからだ。あったとすれば、物心がつく前の幼児期ということになる。

アスパラガスの穂先みたいな性器と比べられるのは心外だったが、理緒がずっと憶えていてくれたのだと思うと、喜びがこみ上げた。彼女を傷つけた先輩なんかよりも、自分のほうがずっと付き合いが長いのだ。

（おれは、理緒ちゃんがオシッコをするところだって見たんだから）

対抗心を燃やすことで、分身が雄々しく脈打つ。そこに白魚の指が巻きついた。

「おお」

ブリーフの中に手を入れられたのよりも、ずっと気持ちいい。快感が肉体の深部まで浸透するようだ。

「すごく硬いわ」

感嘆した声音に続き、握り手が上下する。悦びがふくれあがり、昭彦は膝をカクカクと震わせた。

「り、理緒ちゃん」

「オチンチン、すごく脈打ってる。気持ちいい？」

「うん。すごく」

「それじゃ――」

漲りきった器官に、理緒が顔を寄せる。反り返るモノを前に傾け、赤く腫れた頭部を頬張った。

（嘘だろ……）

見おろせば、愛らしい面立ちの中心に、無骨な肉棒が突き立てられている。卑猥なコントラストに申し訳なさと、背徳的な愉悦の両方を覚えた。

舌が回り出す。亀頭粘膜をてろてろとねぶり、口からはみ出した筒肉は、指の輪で摩擦する。

(理緒ちゃんにフェラされてる)

信じ難くも気持ちよく、心が乱れた。こんなことをさせちゃいけない、いや、もっとしてほしいという相反する気持ちの両方が生じた。

理緒の口淫奉仕は巧みではなかった。年上の女性たちに何度もされたからわかる。舌も指も覚束なく、覚えたてのことを懸命にしているという様子だ。

それゆえに、愛しさが際限知らずにふくれあがる。

(ここまでしてくれるなんて)

快感以上に、感激で泣きたくなった。

「り、理緒ちゃん、すごく気持ちいいよ」

称賛すると、牡器官を口に入れたまま、首を横に振る。経験もテクニックも足りないと、自分でもわかっているのか。

「もういいよ。これ以上されたらイッちゃうから」

そう言うと口をはずし、安堵の表情を見せた。

理緒の手を引いて立たせ、木の幹に摑まらせる。ヒップを後方に突き出させると、その後ろにしゃがんだ。

「脱がせるよ」

声をかけても返事はない。無言の了解だと受け止め、ジーンズと下着をまとめて剝き下ろした。

ぷるん——。

かたちの良い丸みがあらわになる。白い肌は、降り積もったばかりの新雪のよう。子供時代に目にしたものより、当然ながらボリュームは増している。なのに、まったく変わっていない気がした。

（理緒ちゃんは、あのときのままなんだ）

その思いを胸に、ふっくらした双丘に両手をかける。脱いだものは膝に止まったままで、脚を開くことができない。

「もうちょっとおしりを突き出して」

お願いすると、腰が深く折られる。しかし、股間はまだ閉じられており、縮れ毛が数本はみ出しているだけだった。

ならばと、柔らかなお肉に指を喰い込ませ、左右に割り開いた。

「キャッ」

理緒が悲鳴をあげる。逃げられそうな予感がしたので、昭彦は暴かれた女芯を観察する余裕もなく、急いで顔を埋めた。

蒸れた乳酪臭が鼻奥にまで忍び入る。陰毛も鼻の穴をくすぐり、危うくくしゃみが出そうになった。

「だ、ダメ、いやぁああ」

柔尻が左右にくねる。逃さないよう両手でがっちりと掴み、昭彦は湿った恥割れに舌を差し入れた。

「ヒッ――」

息を吸い込むような声が聞こえ、尻割れがキュッとすぼまる。どうやら敏感なところを捉えたらしい。

おかげで抵抗は弱まったものの、洗っていない秘部に口をつけられたのだ。理緒はかなり居たたまれなかったようで、なじらずにはいられなかったらしい。

「そこ、よ、汚れてるのに……わたし、昭彦君が来る前に、オシッコしたんだからね」

アンモニア臭が感じられたのは事実ながら、今にも消えそうに淡い残り香だ。用を足したあとだというのは、おそらく嘘だろう。前に放尿場面を見られたこともあって、怯ませようとしているに違いない。

というか、仮に事実であったとしても、その程度のことでクンニリングスをやめるつもりはなかった。

遠慮なく舌を使うことで、若い肢体が切なげに悶えるようになる。

「う、ううっ、あ――」

喘ぎ声も艶めいて、歓喜の色を濃厚にした。

ねぶられる淫靡の泉は、芽衣子やみのりがそうだったほどにはしとどになっていなかった。それでも悦びをもたらされることで、芳潤な蜜が溢れ出す。

(おれ、理緒ちゃんを感じさせてるんだ)

彼女を弄(もてあそ)んだ男に負けてなるものかと、一心不乱に奉仕する。

「ああ、ダメ……し、しないでぇ」

理緒がよがり泣く。かなりのところまで高まっているのが窺えた。

(よし、このまま)

挿入前に一度絶頂させようと、硬くなった尖りを狙い撃ちする。舌先ではじくと、

「イヤイヤ、あッ、あっ」

彼女が切羽詰まった声をあげた。

「ほ、ホントにダメ、ヘンになっちゃう」

ヘンになればいいと心の中で答え、頂上へ導くべく舌の律動を続ける。間もなく、

「あ、あ、ああっ、い、イク」

切れ切れの声を発し、腰をガクンとはずませた。

(え、イッたのか?)

あとは深い呼吸を繰り返すだけになったから、間違いあるまい。下半身に力が入らなくなったか、木の幹にしがみつき、どうにかからだを支えている様子だ。

「……も、もう舐めないで」

荒い呼吸の下から告げた理緒が、涙目で振り返った。

「膝に止まってるの、片脚だけ脱がせて」

ジーンズとパンティのことだと、すぐにわかった。絶頂したせいで力が入らず、自分で脱げないようだ。

(理緒ちゃん、本当におれとするつもりなんだ)

心臓が壊れそうに高鳴る。いよいよそのときを迎えて、これは夢ではないかと昭彦は思った。

夢なら覚める前にと急いで動く。膝の衣類を足首まで下ろし、一方のスニーカーを脱がせると片足だけ抜いた。

「ありがと」

理緒がお礼を言う。脱がされたスニーカーを自分で履いて、脚を大きく開いた。

「ね、挿れて」

大胆なポーズでのおねだり。昭彦ははじかれたみたいに立ちあがった。

「理緒ちゃん」

名前を呼び、前に傾けた肉槍で女体の的を狙う。クンニリングスで昇りつめたばかりの恥芯を穂先でこすると、クチュクチュと粘っこい音がこぼれた。

「あ、あ……は、早く」

急かされて、すぐさま腰を前に送る。彼女がどこかに行ってしまいそうな気がしたのである。

ぬぬぬ——。

たっぷりと濡れた蜜穴に、ペニスが吸い込まれる。引っかかりもなく奥まで到達し、ふたりはひとつになった。

「ああっ」

理緒がのけ反って喘ぐ。途端に、濡れ穴がキツくすぼまった。

「ううう」

目のくらむ歓喜に、昭彦は呻いた。

下を見れば、逆ハート型のヒップに、自身の下腹がぴったりと重なっている。ふたりのあいだを邪魔するものは何もない。

（とうとう結ばれたんだ、おれたち——）

ようやくここまで辿り着いたという思いで、胸がいっぱいになる。芽衣子には申し訳ないが、感動は初体験のときよりも大きかった。

「あ、昭彦君」

名前を呼ばれてハッとする。見ると、理緒が涙で濡れた目を向けていた。

「しちゃったね、わたしたち」

秘密めいた言葉に、肉体だけでなく、心もしっかりと結ばれたのだと思った。

「うん」

「ね、動いて」

腰をくねらせてのおねだりに、嬉しすぎて目眩を覚える。昭彦は「わかった」と返答し、腰をそろそろと引いた。

艶やかな若尻の切れ込みに、濡れた肉色の棒が現れる。それを勢いよく戻すと、双丘がぷるんと波打った。

「ああン」

愛らしい喘ぎ声に煽られて、抜き差しを速める。ヌチュヌチュと卑猥な濡れ音が立つほどに。

「あ、あ、あ、ああっ、あ、昭彦くぅーん」

色っぽい声で名前を呼ばれ、ますますハッスルする。

肉棒が出入りする真上に、ちんまりと愛らしいアヌスがあった。それがなまめかしくヒクつくのにも昂って、ピストンの勢いが増す。

「う、ああ、き、気持ちいい」

理緒がハッハッと呼吸を荒ぶらせた。

「こ、こんなの初めてぇ」

その言葉で、彼女の一番になれたのだと確信する。あとは疲れも厭わず、無我夢中で腰を振り続けた。

「あ、またイッちゃう」

オルガスムスの予告に、昭彦も急角度で高まった。

「お、おれも」

「いいよ。な、中に出して!」

嬉しい許可が引き金となり、頂上目がけて一気に駆けあがる。

「理緒ちゃん、いく、出るよ」

「あ、ああっ、わたしもイク、イッちゃう」

「おおおっ！」

強烈な快美感に意識を飛ばし、昭彦は射精した。大切な女の子の体奥に、熱情のエキスを注ぎ込む。

「くぅうーン」

理緒が仔犬みたいに啼いた。

3

理緒が村を発ち、昭彦は暗い日々を送った。

セックスのあと、思い切って理緒に告白したのである。子供の頃からずっと好きだったと。村で一緒に暮らさないかとも言った。

けれど、彼女はすでに東京へ戻ると決めていた。

『負けっぱなしでいるのなんてイヤだもの。わたしはあっちで頑張って、絶対に見返してやるんだから』

確固たる決意に目を輝かせる彼女を、止めるなんて無理だった。

『うん、頑張って』

と、心にもない言葉を告げ、目を伏せた。泣きそうな顔を見られたくなかったのだ。

せっかく好きなひとと結ばれたのに、彼女はもういない。その現実を受け容れ難く、無理にでも忘れようと仕事に没頭する反面、昭彦はどうかするとぼんやりしたり、そこかしこに理緒の面影が浮かんで泣きそうになったりした。

しかし、時間は残酷である。切なる思いも悲しみも、いつかは過去へ置き去りにしてしまうもの。

昭彦自身も、これではいけないと思っていた。そろそろ立ち直らなければと、気分転換のつもりで身の回りを整理する。理緒と別れて一ヶ月が過ぎていた。

そのとき、オメ山の登記文書が入った封筒を見つけた。祖父から受け継いだものである。

面倒だからと、中身を確認していなかったのだ。もしかしたら、ここに何かあるかもしれない。

検（あらた）めると、祖父からの手紙が入っていた。昭彦宛のものである。

そこにはオメ山の人智を超えた力について書かれていた。

もっとも、それはひどく曖昧なものだった。どこそこに力の源があるなどと、はっきりした何かが存在するわけではない。

ただ、この山の持ち主となった男は、女運に恵まれるとあった。女のほうから男を求めてくると。祖父自身、祖母との出会いはあの山で、祖母から求婚されたという。

《お前はどうも女に対して腰が引けているところがあるから、このままでは亀山家の血筋が絶えてしまう。そうならぬよう、わしも手を打ったから、頻繁にオメ山に登ることだ》

手を打ったとは、ネットの書き込みのことだろう。あれはやはりひと寄せが目的だったのだ。それも、孫にあてがう女性を呼ぶために。

やはりパワースポット云々(うんぬん)は出鱈目だったと見える。ただ、所有者に運をもたらすという意味では、力があると言えそうだ。

現に昭彦は、何人もの女性たちと情を交わせた。彼女たちが男を欲しがったのも、オメ山がそうさせたとしか思えない。

残念ながら昭彦は、祖父のように運命の女性と巡り逢えなかった。できれば理緒と、そういう間柄になりたかったけれど。

また彼女のことを思い出して、悲しみがぶり返しそうになる。これではいけないと、浮かんだ面影を振り払った。

（まあ、でも、祖父ちゃんには感謝だな）

孫に相応しい資産を譲り、亡くなる前に手を尽くしてくれたのだ。手紙の文字も懐かしくて、胸が熱くなる。

（頑張らなくっちゃ――）

祖父の思いに報いなければと気持ちを新たにしたとき、スマホのメッセージアプリに着信がある。芽衣子だった。

『紗耶ちゃんが、またオメ山に行きたいんだって。わたしは忙しいし、今度は彼女がひとりで行くから、案内してあげて』

昭彦は深く考えもせず、『わかりました』と返信した。すると、すぐにリプライがある。

『いっぱい愛してあげてね』

その言葉でハッとする。単に淫らな行為を示唆しているのではないと悟ったのだ。

（紗耶さん、おれが忘れられないのか……）

求められているのは、セックスだけではない。ひとりの男として関心を持ってくれたのを、短いメッセージから読み取る。

紗耶が来たら、またオメ山で交歓することになるだろう。もしかしたら、彼女と付き合えるかもしれない。

そのままゴールインするかどうかは神のみ、いや、オメ山のみぞ知るだ。仮に肉体関係だけで終わったとしても、また別の女性を山が呼び寄せてくれるに違いない。

(きっと、村の人間が絶えることのないよう、子孫を繁栄させるためにと、男に女性を与えているんだな)

やはりオメ山は、村を守った神様の化身なのだ。今はそう信じられる。

(おれはここで頑張るから、君は東京で――)

胸の内であの子に語りかける。彼女のためにも、故郷を守ってあげよう。それが自分の使命なのだ。

辺鄙(へんぴ)な村で悶々とした日々を送っていたのが嘘のように、昭彦の前には明るい未来が開けていた。


(了)

＊本作品はフィクションです。作品内の人名、地名、団体名等は実在のものとは関係ありません。

長編小説

なまめき山(やま)の秘(ひ)めごと

橘(たちばな)　真児(しんじ)

2024年7月8日　初版第一刷発行

カバーデザイン……………………………小林こうじ

発行所……………………………………株式会社竹書房
〒102-0075　東京都千代田区三番町８－１
三番町東急ビル６F
email：info@takeshobo.co.jp
https://www.takeshobo.co.jp
印刷・製本………………………中央精版印刷株式会社